Bernhard Iglhauser/Heilgard Bertel

Augen so frisch wie Schlehen

Heckenmärchen

Viel Freude mit diesen
kleinen Natur-Geschichten
Heilgard Bertel
[illegible]

Für Ulrike zum Geburtstag
im April 2012
von Franke

Bernhard Iglhauser
Heilgard Bertel

AUGEN SO FRISCH WIE SCHLEHEN

Heckenmärchen

Tyrolia-Verlag · Innsbruck-Wien
Nationalpark Hohe Tauern

... für meine Kinder Iris, Clemens und Raphael
Bernhard Iglhauser

... wem sonst, wenn nicht den Kindern und allen, die es geblieben sind
Heilgard Bertel

Gefördert durch das
Bundesministerium für Umwelt, Jugend und Familie

Mitglied der Verlagsgruppe „engagement"

Die Deutsche Bibliothek – CIP-Einheitsaufnahme

Iglhauser, Bernhard:
Augen so frisch wie Schlehen : Heckenmärchen / Bernhard Iglhauser ; Heilgard Bertel. –
Innsbruck ; Wien : Tyrolia-Verl., 1992
ISBN 3-7022-1856-4

1992

Satz in der Firma RSM – Satz-Repro-Montage GmbH., Reutte/Tirol, Mühler Straße 8
Farblithoausarbeitung: Tiroler Repro Druckformen GmbH., Innsbruck, Valiergasse 40
Druck und Bindung in der Verlagsanstalt Tyrolia Gesellschaft m.b.H., Innsbruck, Exlgasse 20

Inhalt

7 Ausgeheg(ck)t ...
9 Zwölf und eine Geschichte ...

11 DER KLUGE WALDGEIST – Heckenmärchen
17 Die Hecke

18 DER GLÜCKLICHE SEEKOBOLD – Heckenrosenmärchen
25 Die Heckenrose

26 DER TEUFELSSTEIN – Brombeermärchen
31 Die Brombeere

32 DER GEIGENBAUM – Bergahornmärchen
42 Der Bergahorn

43 DER SCHLAFENDE RIESE – Holundermärchen
49 Der Holunder

50 DER GREISENBART – Waldrebenmärchen
57 Die Waldrebe

58 DER EISZWERG UND DIE SCHNEEMÄDCHEN – Faulbaummärchen
64 Der Faulbaum

65 DER ALTE RABE – Schneeballmärchen
74 Der Wollige Schneeball

75 DER WETTERBUTZN – Spindelbaummärchen
82 Der Gemeine Spindelbaum

83 DAS TROLLWEIBCHEN – Weißdornmärchen
90 Der Weißdorn

91 DER WASSERDRACHEN – Schlehenmärchen
97 Der Schlehdorn

98 DER DANKBARE BERGGNOM – Berberitzenmärchen
105 Die Berberitze

107 DIE GLETSCHERHEXE ALEZEN – Traubenkirschenmärchen
110 Die Traubenkirsche

Wenn nicht mehr Zahlen und Figuren
Sind Schlüssel aller Kreaturen,
Wenn die, so singen oder küssen,
Mehr als die Tiefgelehrten wissen,
Wenn sich die Welt ins freie Leben,
Und in die Welt wird zurückbegeben,
Wenn dann sich wieder Licht und Schatten
Zu echter Klarheit werden gatten,
Und man in Märchen und Gedichten
Erkennt die ewgen Weltgeschichten,
Dann fliegt vor einem geheimen Wort
Das ganz verkehrte Wesen fort.

Novalis

Ausgeheg(ck)t …

… sind sie wahrlich nicht, die Erinnerungen an meine Kindheit, sondern erfüllt mit Freude über die vielen Geschichten meiner Eltern von wunderschönen Pflanzen und Symbolen für die gebrochene Gewalt von Zauberei, Dunkelheit und Kälte.
Geborgenheit, Wärme, ja fast Glückseligkeit verspürte ich, drangen diese Erzählungen in das Reich der Hexen, Riesen und Kobolde ein, die, wie aus dem Volksglauben berichtet wurde, auch unter den Wildsträuchern und Bäumen meines Heimatdorfes Thalgau versteckt waren.
Wie oft wurden dann von mir vergeblich in den Wäldern der sonnseitigen Hügelflächen die sechs Haselnüsse auf einem Stiel gesucht, wie quälend war die Frage, wo sich der Specht mit der geheimnisvollen Springwurzel versteckt halten könnte?
In den Studienjahren las ich über die Bedeutung des „Heckenhages" als Ableitung für „Behaglichkeit" und verstand nun erst meine Trauer, wenn meine geliebte Mutter mit einem kurzen „Gute Nacht" das Tor zum Märchenzauberland verschloß.
Mit dem Heranwachsen verloren sich die Gedanken an diese phantastischen Reisen durch die „Anderswelt", die „Strauchritter" und „Buschklepper", sogar die großen Hollerstauden entlang von Wegen und Straßen hatten keine Lebensbedeutung mehr.
Jahre später ließ jedoch plötzlich das Verschwinden der einst liebgewonnenen Sträucher und Gehölze eine Art von „Unbehaglichkeit" in mir aufkommen, die Sehnsucht nach dem Sinnbild des Heimlichen erwachte wieder.
Besonders habe ich dabei bei meinen Wanderungen im herrlichen Salzburger Oberpinzgau an die Wildrosen gedacht, die bereits vor Jahrtausenden von steinigen, sonnigen Hängen zu den Häusern geholt wurden. Denn die Menschen wollten glücklich und zufrieden sein, umgeben von der „Königin der Hecke".
In diesem Moment wußte ich, daß ich für meine Kinder dieses vergessene Reich erneut in unsere Wirklichkeit bringen wollte. Je öfter und je länger ich über den unglücklichen Faulbaum erzählte, von der Gutherzigkeit des mächtigen Eiszwerges berichtete oder gar die bösen Taten der alten Gletscherhexe erwähnte, desto deutlicher wurde in mir der Wunsch, auch anderen Kindern und Erwachsenen das Glück dieser Entdeckungsfahrt durch das geheimnisvolle Heckenreich zu erwirken. In allen Märchen, belebt durch Farbe, Duft, Offenheit und Leichtigkeit der Aquarelltöne von Heilgard Bertel, rankt sich das Dorngestrüpp unserer Heckengehölze.
Sich in die Bilder meiner einstigen Lehrmeisterin schwerelos hineinzuverlieren erzeugt Freude und tiefe Dankbarkeit.

Mögen Busch und Strauch unter ihren Zweigen Schutz und Trautheit verleihen, das Lächeln der Kinderzeit und die weisen Gedanken der Schöpfung aus dem Versteck locken, um in dem unaussprechlichen Glück der Phantasie die Harmonie der Natur wieder hören, sehen und fühlen zu können.

Bernhard Iglhauser
Thalgau, Juli 1992

Zwölf und eine Geschichte …

… glaubt man aber den alten Schriften, so gibt es überhaupt keinen Strauch der Hecke, der nicht mit irgendwelchen mystischen Kräften ausgestattet ist.
Die in dieser Sammlung vorliegenden Naturmärchen tragen eine Fülle uralter Bilder, Volksweisheiten, heilmedizinischer Überlieferungen und oft jahreszeitlich gebundener Zusammenhänge in sich.
Für den Menschen von heute ist es wichtig, seine Beziehung zu Natur und Umwelt neu zu überdenken, sich der Schöpfung wieder ein- und unterzuordnen ist ein dringendes Gebot der Stunde.
Märchenschreiben …, vielleicht ein staunenswertes Wagnis! Es setzt eine naturwüchsige Selbstverständlichkeit voraus, wenn man von Waldgeistern, Ziegenmenschen, Eiszwergen, Brunnenweibern, Schneemädchen, Gletscherhexen, Riesen und Seekobolden erzählt. Hat jedoch die Phantasie und Fabulierlust ihre Freude daran, sollte man ihr keinen Einhalt gebieten.
Wichtig ist, daß das Erzählte, in welcher Form auch immer, ins eigene Leben hineinreicht. Man staunt, welche Schätze dabei aus dem Gedächtnis zum Vorschein kommen.
Der traditionelle Begriff des Märchens als etwas Festgefügtes und Unveränderbares erscheint in der Jetztzeit als zu eng. Die Möglichkeit der Begriffsanwendung hat sich nach vielen Richtungen hin erweitert. Von den Gipfeln des literarisch geadelten Märchens bis hin zu anonymen Texten, von Originalen hin zu Kopien, von pädagogisch aufgeladenen Geschichten bis hin zu Begleittexten der Kräutermedizin, alles findet heute ein Interesse.
Diese Ausweitung und Nivellierung zeigen nur, was seit einiger Zeit wieder zu einer selbstverständlichen Einsicht geworden ist:
DER MENSCH, NICHT NUR DAS KIND, BRAUCHT MÄRCHEN!
Das vorliegende Buch unternimmt den Versuch, diese erweiterte und relativierte Vorstellung von Märchen zur Grundlage eines Erzählens über Hecken, Bäume und Sträucher in Verbindung mit volks- und heilkundlichen Hinweisen zu machen. Märchen und Alltag, erzählte Geschichte und erfahrenes Leben liegen oft so nahe beisammen, daß es manchmal nur einer Wiederentdeckung solcher Zusammenhänge bedarf.
Geschichten sind Augen!
Jeder Mensch, der die oft märchenhaften Wunder der Natur genießen will, bedarf Augen, so frisch wie Schlehen.

Heilgard Bertel
Salzburg, Juli 1992

Der kluge Waldgeist

Heckenmärchen

Im oberen Salzachtal, nahe der kleinen Gemeinde Wald, soll sich einmal häufig ein lustiger Waldgeist herumgetrieben haben. Bald zwergenhaft, bald baumlang war er vielfach wandlungsfähig in seiner Gestalt. Er konnte als Tier oder Mensch erscheinen, und gerne nutzte er seine Fähigkeiten, um unauffällig allem zu lauschen und in Erfahrung zu bringen, wovon auf Flur und Feld die Rede war. Er war von Natur aus neugierig und jederzeit zu Spiel und Spott aufgelegt. In den frühen Morgenstunden hockte er oft in den Astgabeln alter Bäume und blies kräftig vor sich hin, damit die verbliebenen Morgennebel über Hecken und Wiesen hin sich verflüchtigten.

Den ganzen Tag tummelte er sich im Laubwerk der Buchen- und Ahornbäume und wetteiferte mit den Vogelstimmen. Er trommelte wie ein Specht, ahmte das Spottgelächter der Häher nach und erprobte auch sonst auf mancherlei Art seine Stimme, die so wandlungsfähig war wie seine Gestalt. Des Abends, müde geworden durch seine Untriebe in der Natur, suchte er eine Baumhöhle auf und legte sich zum Schlafen nieder.

In einer frühsommerlichen Vollmondnacht, in einer jener Nächte, da es weder ganz still noch ganz dunkel wird, vermeinte der Waldgeist ein Rascheln zu hören. Er war hellwach und lauschte. Dem Rascheln folgte ein Säuseln und dem Säuseln ein tiefes sehnsuchtsvolles Seufzen. Es entrang sich unmittelbar neben ihm dem knorrigen Leib des alten Ahorns, in dessen vernarbter Höhlung der Waldgeist sein Nest gefunden hatte.

Sieh einer an, dachte er, bei Vollmond seufzen auch die Alten.

„Ach könnte ich weit in die Welt hinaus“, ächzte es im Baum. „Hier stehe ich über hundert Jahre, drüben am Hang hätte ich Verwandte. Nie hat sich unser Rauschen vereint.“

Plötzlich ging es wie ein Raunen durch den ganzen Wald. In der Laubkrone der Birke kreiselten die Blätter, in der Buche drüben rauschte es, und die Bewegung erfaßte auch die Wipfel der Nadelbäume.

„Wir sind enttäuscht, seit über hundert Jahren wurzeln wir hier fest. Heißt es nicht, wer im Wind geboren ist, dem wachsen Flügel? Haben wir nicht Freundschaft gehalten mit dem Wind und uns selbst den Stürmen hingegeben?“

Die Sehnsucht der Bäume war groß in dieser Nacht, sie rauschten wie mit Fittichen.

„Wer angewachsen ist, kommt nicht so leicht von der Stelle“, murrte eine schief stehende Lärche, sodaß die verschlafen dreinschauenden Birkenblätter kicherten: „Dies klingt nun wahrlich nicht wie eine große Weisheit!“

Da regte sich Mitleid im Herzen des Waldgeistes, und er beschloß, sich noch tiefer in sein Borkenbett hineinkuschelnd, den Bäumen zu helfen.
‚Flügel', ‚Wind als Transportmittel', ‚Gleitflieger' – unzählige Ideen regten in dieser Nacht die Fantasie des Waldgeistes an, und er träumte von Flugmaschinen und kühnen Taten. Und als der große Mond dieser Nacht in einen hellen Morgen hinübergerollt war, sprang er munter von seinem Lager und begann in Erinnerung an seine Träume mit einem neuen Spiel.
„Wir wollen doch sehen, ob wir die Wünsche nicht verwirklichen können, damit wäre uns allen geholfen."
Er nahm die geflügelten Spaltfrüchte des Feldahorns und bildete damit ein Fluggerät. Nicht gleich wollte das funktionieren. Aber alsbald hatte er zwei einflügelige Propeller gebaut, die einander ablösend sich in entgegengesetzter Richtung drehen konnten und sich dadurch sehr lange in der Luft hielten. Er warf sie weit hinaus und hastete hinterher. Da trudelten die Ahornsamen wie kleine Hubschrauber weit hinaus und landeten weitum im ganzen Tal. Stolz erfüllte den kleinen Erfinder.
„Bravo", wisperten die Büsche mit ihren großen und kleinen Blättern, und auch die Nadeln einer benachbarten Fichte neigten sich vor Bewunderung.
„Wie schön", säuselten die jüngsten Blätter der Buche und küßten den Waldgeist mit ihren grünen Blattspitzen.
Erregt schüttelte die Esche ihre Nüsse, die in Büscheln von den Zweigen hingen, und rief laut: „Hallo Waldgeist, was ist mit meinen Samen? Meine Früchte sehen doch fast ähnlich aus wie die des Feldahorns. Kannst du nicht auch etwas für mich tun?"
Sofort machte sich der eifrige Geist an die Arbeit, und nur kurze Zeit später segelten die Eschennüsse als Windmühlenflügel über die Hügellichtung hinaus, um an den Heckenrändern und Dorfwiesen zu landen.
Nach diesem Erfolg konnte sich der Waldgeist der Wünsche aller begeisterten Bäume kaum mehr erwehren.
„Ich möchte ein fliegender Teppich sein", tönte es hinter einem Felsen hervor. „Mach mich zu einem Segelflieger", rief ein kleiner Baum aus dem Unterholz. „Verwandle mich in einen Luftgleiter", bettelte eine gebeugte Fichte.
Sogar einige Blumen mischten sich in den Chor. „Wir wollen Fallschirmfrüchte!"
Unermüdlich überlegte, zerlegte und bastelte der Waldgeist Früchte und Samen der Bäume zusammen, um ihnen eine Möglichkeit für eine Reise weit ins Land hinaus zu geben.
Nach einigen Stunden schwirrten über die blühenden Heckensträucher alle möglichen Fluggeräte, es herrschte ein Raunen, ein Jubel, und zahlreiche Ohh- und Ahh-Rufe tönten aus den Blätterburgen.

Von den nahen Berghängen brüllten lautstark der Berg- und Spitzahorn, nachdem sie ihren Baumbruder, den Feldahorn, so herrlich durch die Lüfte segeln sahen: „He, du toller Erfinder, bitte, bitte, mach uns auch die gleichen Fluggeräte."
Da begann der Feldahorn, in dessen Ästen der Waldgeist gerade saß, mürrisch zu meckern: „Das seh' ich gar nicht ein, daß mein Flugpatent auch andere erhalten sollen."
Liebevoll zupfte der Waldgeist seine hängenden Blütentrauben und sagte beruhigend: „Ich werde einfach den Winkel der Flügel ändern, dann habt ihr alle ein verschiedenes Flugmodell."
Mühelos formte er beim Bergahorn ein spitzwinkeliges Propellergerät, den Spitzahorn aber stattete er mit einer stumpfwinkeligen Lösung aus.
„Hahaha", lachte die Gemeine Heckenkirsche, „diese Dinge sehen wirklich wie fliegende Briefe aus! Hurra, ich glaube, der Waldgeist hat eine richtige Heckenpost erfunden."
Der Lindenbaum war überglücklich mit seinen Schraubenfliegern, und die Ulmensamen konnten durch eine scheibenförmige Flughaut, die der Waldgeist extra ausgedacht hatte, sogar Kurven und Luftfiguren ins Blau des Himmels zaubern.
„Wir sind die besten", jubelten die Weidensträucher, weil schon ein kleiner Luftzug, ein Windhauch genügte, um mit ihren behaarten Samenschalen wie ein Schirmflieger davonzubrausen.
„Gemeinheit, Ungerechtigkeit", jammerten da plötzlich die Schwergewichtler unter den Samen und Früchten, allen voran die mächtige Eiche, aber auch die Buche und der sperrige Haselstrauch machten aus ihrer Enttäuschung kein Hehl.
„Wir haben keine leichten Nüßchen, die du wie Briefe durch die Landschaft blasen kannst", raunzten sie dem Waldgeist vor.
„Genau", meckerte der Haselstrauch frech, „unsere schweren Früchte können doch nicht auf dem Luftweg transportiert werden, sie plumpsen doch einfach zu Boden."
„Plumpsfrüchte", kicherte der kleine Holunder spöttisch, wohl wissend, daß er die Windpost nicht nötig hatte, da ja die Vögel seine Samen verbreiteten.
„Post, Briefe, Post, Post ...", murmelte der Waldgeist vor sich hin, um plötzlich vor Freude über einen Wurzelstock zu hüpfen: „Pakete! Pakete! Bei den Menschen gibt es ja nicht nur Briefe, auch größere Dinge müssen doch befördert werden. Dies dauert zwar länger, aber alle Pakete kommen ans Ziel."
„Hiäh", ertönte da ein Schrei vom moosigen Baumstumpf herüber. Es war der pfiffige Eichelhäher, ausnahmsweise gut gelaunt, der sich nun eifrig in das Gespräch einmischte.
„Hast du eine gute Idee, Markwart?" sprach ihn der Waldgeist an. So wurde er nämlich von den Heckenbewohnern bezeichnet, weil er bei Gefahr ein Mordsgezeter anstimmte und alle Tiere in den Gehölzen

warnte. „Wir könnten doch die Früchtepakete übernehmen", kam es pfeifend aus seinem Schnabel.
„Ja", riefen da das Eichhörnchen und die Haselmaus, „wir wollen den Transport der Eichelpakete und Haselnußsendungen übernehmen."
„Die Bucheckern dürfen wir auch nicht vergessen", meinte der Siebenschläfer, der gerade munter geworden war.
Gleich dem Wind stellten sich nun auch viele Tiere in den verantwortungsvollen Dienst der Bäume und Sträucher. Als Belohnung mußten sie jedoch besonders appetitliche Samenhüllen oder Anhängsel entwickeln, in die oft viel Material und Energie zu investieren war. Sparen mußten sie auch an der Samenmenge.
Aber bald hatte sich herumgesprochen, daß der ‚Posttransport' durch die Tiere sicherer war als die ‚windige Methode'. Sogar der Dachs und der Fuchs transportierten oft viele Kilometer die wertvollen Pakete, wobei es natürlich auch vorkam, daß so manche herrliche Fruchtsendung im Übereifer verloren ging oder überhaupt verschwand.
Gemeinsam mit den Tieren überlegte der Waldgeist den ganzen Tag neue Lösungen und dachte darüber nach, wie alle Wünsche zu erfüllen seien. Selbst für Samen in der Nähe von Bächen und stillen Gewässern fand der lustige Erfinder Möglichkeiten, weit fortzukommen, und er fertigte Schwimmvorrichtungen an.
In seiner unendlichen Güte erfüllte der Waldgeist sogar die Wünsche der kleinen Blumenbewohner und konnte die Ameisen überreden, die Samen von Schneeglöckchen und Veilchen zu verbreiten.
Bis zum Schluß fielen ihm immer wieder neue Lösungen ein, sodaß sogar die letzten Bewerber noch sehr zufrieden waren.
Bevor die Sonne unterging, schwebten auch noch die Birkenfrüchte wie fliegende Teppiche zu neuen Taten davon.
Von nun an blies der Waldgeist alle Samenbriefe und Früchtekuverts mit einer leichten Brise auf Waldlichtungen, Fluren, Brachland und Uferränder.
Zweimal im Jahr mußte er sogar Massenwurfsendungen auf den Weg schicken: im Frühjahr die Blütenpollen und im Herbst alle Früchte und Samen.
Das gemeinsame Erfinderspiel machte allen Naturbewohnern so viel Spaß, daß sie beschlossen, Jahr für Jahr diese lustige Zusammenarbeit zu wiederholen.
Wer hätte gedacht, daß die Träume der alten Bäume vom Fliegen wahr werden würden? Zwar nicht die Bäume selbst, doch ihre Samen kamen in die Welt hinaus. Und in hundert Jahren wird die Welt so aussehen, als ob die alten Bäume selber geflogen wären.

H Bertel
1992

Die Hecke

Sie schweben, taumeln, gleiten durch die Lüfte, gehen sogar auf hohe See oder gelangen mit Hilfe von Tieren in die weite Welt – ein beeindruckendes Erlebnis, wenn die Pflanzensamen der Bäume und Heckengehölze auf die Reise gehen. Reifen nach der Befruchtung die Samen heran, müssen sie sich weit über den ursprünglichen Standort hinaus verbreiten. Denn nur so können neue und vielleicht sogar geeignetere Lebensräume erobert werden.
Wüchsen die kleinen Keimlinge direkt unter den Fittichen des Muttergehölzes, würden die älteren Pflanzen den Kampf um Licht, Wasser und Nährstoffe immer gew nnen.
Je nachdem, welcher Weg genommen werden soll, sind verständlicherweise sehr unterschiedliche Anpassungen oder Konstruktionen erforderlich.
Die hochwachsenden Bäume nutzen den Wind als Transportmittel, aber auch die Tiere befördern ihre Samen.
Eine ganz andere „Lebensphilosophie" besitzen Pflanzen, die Klettfrüchte ausbilden. Als „blinde Passagiere an Bord" haften sie sich im Fell der Tiere fest und gelangen so in andere Lebensräume.
Einige andere Baumarten und die Mehrzahl der Heckengehölze verfahren aber auch noch mit anderen Mitteln. Ein niedrigwüchsiger Strauch ist ein denkbar ungeeigneter Startplatz für Segelflieger und andere Luftlandetruppen, daher muß kräftig Werbung betrieben werden, um blütenbesuchende Insekten und Konsumenten anzulocken.
Wie diese Post im Walde und in der Heckenlandschaft überhaupt entstanden ist – vor langer, langer Zeit –, wurde durch die erste Geschichte erzählt.
... a s dies geschehen war, tat sich jedoch plötzlich eine wundersame Welt von Gletscherhexen, Trollweibern, Riesen und Eiszwergen auf ...

Der glückliche Seekobold

Heckenrosenmärchen

Mitten in der Krimmler Bergwelt lag einst ein geheimnisvoller, dunkler See. Kaum je hatte eines Menschen Fuß seine Ufer betreten. Auf seinem Grund hausten Kobolde, grüne Gnome mit Schuppenkörpern und Schwimmhäuten zwischen Zehen und Fingern. Die moosigen Haare tarnten sie gut vor den Blicken Unberufener. Gerne tauchten die Seekobolde aus der Tiefe, um mit runden Fischaugen die Welt zu betrachten. Neugierig wie sie waren, wagten sie hin und wieder, an Land zu gehen, um auf den Almwiesen übermütig zu spielen. Das ging aber nur in den frühen Morgenstunden, ehe das erste Leuchten die Horizonte färbte und der Erdschatten im Schwinden war. Denn untertags hätte die kräftige Sonne ihren stets feuchten Schuppenleib ausgetrocknet.
Einmal stieg ein besonders kecker Kobold bis zu den Felswänden eines nahegelegenen Gipfels hinauf, um über das ganze Land blicken zu können. Denn er war neugieriger als alle andern.
„Ich möchte das Oben und das Unten kennen, die Spitze und den Fuß des Berges sehen."
Immer höher stieg der kleine Kobold die Hänge empor und bemerkte in seinem Eifer nicht, daß die warmen Sonnenstrahlen bereits die Spitze des Berges in Licht getaucht hatten. Immer stärker schoben sich die Strahlen über den Kamm.
Als dies der Kobold gewahr wurde, packte ihn der Schreck, und er hetzte wild und laut kreischend den Steilhang zum See hinunter, um noch rechtzeitig das grüne Naß zu erreichen. Halb rutschend, halb laufend stürzte er Hals über Kopf bergab, bis er schließlich wie eine grüne Kugel nur mehr kollerte und rollte. Die Sinne vergingen ihm. Am Ufer des Sees blieb er liegen, ohne sich noch zu rühren.
Die Sonnenstrahlen rückten vor und tauchten die Hänge zunehmend in Licht. Gleich würden sie den hilflosen Kobold erreicht haben und zur tödlichen Bedrohung werden, denn im Nu hätten sie sein grünes Schuppenkleid ausgetrocknet.
In diesem Augenblick flitzte im See eine Schar zierlicher Forellen daher, machte muntere Sprünge und erkannte die Gefahr. Sofort begannen die Fischlein, mit ihren Flossen Wasser auf den leblosen Körper zu spritzen. Da hatten auch schon die Sonnenstrahlen den kreisrunden Bergsee erreicht.
Im Licht leuchtete er auf und lag wie ein grünes Juwel im verborgenen Kar. Er war klar und von so tiefgründigen Farben, daß man nur ahnen konnte, welche Geheimnisse auf seinem Grund versunken waren. Er wurde von einer unterirdischen Quelle gespeist, die genau in seinem Mittelpunkt kräftig emporsprudelte, ohne daß deshalb auch nur die geringste Kräuselung an der Oberfläche zu sehen gewesen wäre. Ledig-

lich die vielen Lebewesen sorgten für Bewegung. Die Fische ließen sich vom Quellwasser in unermüdlichem Spiel emportragen, sie schnellten wie silbrige Blitze aus dem Wasser und tauchten pfeilgerade wieder in die Tiefe zurück.
Der See war aber nicht nur ein quellender Lebensborn, sondern zugleich auch ein einzigartiger Garten, in dem die seltsamsten Pflanzen gediehen. Statt der Vögel zogen unzählige Scharen kleiner Fischlein durch das Gezweig. Durch die Alm- und Mooswälder spazierten Lurche und Molche, auf denen manchmal die kleinsten der Kobolde ritten. Sie hatten ihren willigen Reittieren zierliches, rotes Zaumzeug angelegt. Vergnügt zogen die Drachenreiterlein durch Höhlen und Grotten ihres unterirdischen Wasserreiches und vor Lebenslust sangen sie, sodaß im ganzen See ein feines Klingen lag, das manchmal über die Oberfläche hinausdrang und als feines Echo in den ragenden Felswänden rings um den See zu hören war.
Die Sonnenstrahlen erhellten den See am frühen Vormittag nur kurze Zeit, solange nämlich die Sonne in einem Grateinschnitt in einer hochgelegenen Scharte des Bergkammes stand. Wenn die Sonne auf den See schien, öffnete er sich wie ein schlafendes Auge. Die volle Kraft seiner grünen Farbe entfaltete sich und wandelte sich ins Türkis, denn mit dem Licht trat ihm das Blau des Himmels entgegen und spiegelte sich in vollkommener Entsprechung.
Hätte man hier die Pforte des Paradieses finden wollen, man hätte nicht gewußt, ob man in die Höhe empor oder in die Tiefe hinab steigen sollte.
Die Forellen, die den Seekobold entdeckt hatten, mußten den armen Wicht nur naß halten, während die Sonne am Grateinschnitt vorüberzog, dann hatten sie gewonnenes Spiel. Sie verdoppelten ihre Anstrengungen. Sie versprühten so viele Tropfen, daß der Schuppenleib nicht nur feucht blieb, sondern sich alsbald ein prächtiger Regenbogen über ihn spannte. In einem der großen klaren Tropfen brach sich ein Sonnenstrahl, blitzte auf und kitzelte den Kobold so an der Nase, daß dieser heftig niesen mußte und davon erwachte. Mit einem Satz war er im See und tauchte unter. Die Forellen taten es ihm nach, und verschwunden war der wunderbare Regenbogen.
Auch die Sonnenstrahlen zogen sich zurück. Alles lag wieder in friedlichem Schattendunkel.
Indes herrschte im unterirdischen Quellenreich helle Aufregung. Einer alten Weissagung zufolge sollte, wenn je ein siebenfacher Regenbogen den geheimnisvollen See überspannte, aus einer für die Wasserwesen unerreichbaren Tiefe die Quellenfee aufsteigen und sich in siebentägiger Hochzeit mit dem alten Bergwassermann vermählen.
Dieser lebte seit Hunderten von Jahren in einer Grotte und hatte bisher umsonst auf dieses Ereignis gewartet. Jetzt war es durch die hilfreichen, lebensrettenden Flossenschläge der Forellen zustandegekommen.

Aufgeregt versammelte sich alles, was sich im See regte, um den Quellenmittelpunkt und harrte des Wunderbaren, das da kommen sollte.
Die Drachenreiterlein bildeten Spalier, die Wasserspinnen tanzten einen Reigen, die Wasserflöhe führten Kunststücke vor, Nixlein und Kobolde schlugen Purzelbäume, die Fischlein zogen in hellen Scharen Kreise um die Quelle und schließlich war auch der alte Bergwassermann zur Stelle, den viele der jungen Schuppenwesen zum ersten Mal sahen.
Gegen Abend erschien die Quellenfee; auf einer singenden Wassersäule war sie voll unbeschreiblicher Schönheit aufgetaucht. Mit ihren blaßrosa Lippen rief sie leise den Namen ihres zukünftigen Gemahls. Die dunklen Wellen des Sees teilten sich und unter dem Jubel aller erschien der Bergwassermann, bedeckt mit Schlieren und Algen und einem dornigen Kamm auf seinem Haupt.
Bevor sich das Paar endgültig verabschiedete, um sich liebend zu vereinen, rief es den Seekobold und die Schar seiner Forellen zu sich und sprach: „Ihr seid der Anlaß unserer Hochzeit, ihr könnt einen Wunsch äußern. Er wird erfüllt, wenn ihr versteht, das Rechte zu wünschen. Ihr habt eine Nacht Zeit, darüber nachzudenken."
Der grüne Schuppenkobold und die Forellen waren ob dieser Auszeichnung sehr erregt. Die jüngste und beweglichste Forelle schnappte mit ihrem Mäulchen und sagte: „Ich wüßte schon, was es zu wünschen gäbe. Meiner Lebtag schwimme ich in diesem See, ich möchte in die Welt hinaus und mich an ihrem Reichtum ergötzen."
„Sei nicht dumm", sagte da die Älteste. „Nirgends gibt es mehr Reichtum, als gerade hier. Verläßt du ihn, wirst du erkennen, daß die Welt zwar groß ist, aber so groß – so armselig ist sie auch. Du wirst vor Schwimmen ermatten, ehe du das siehst, was du hier täglich erleben kannst."
„Ich habe eine Idee", schrie da der kleine Seekobold. „Wir wünschen uns doch eine Reise um die Welt. Die Quellenfee soll ihre Wasserbänder in alle Himmelsrichtungen fließen lassen und wir bitten das königliche Paar um Zauberkräfte für die Dauer unserer Reise, um überall unser köstliches Naß versprühen zu können."
Für diese Idee, die lebensspendenden Tropfen des Wassers aus dem Bergsee überall zu verspritzen, klatschte die ganze Forellenschar heftig Beifall.
Anderntags traten sie vor das mächtige Paar des Bergsees und trugen den Wunsch nach ihrer Reise vor.
„Ihr habt guten Rat gepflogen", sagte da das Paar, „es sei so. Wohin ihr auch immer von unserem Quellwasser Tropfen versprüht, dort soll es aufblühen in tausendfacher Schönheit. Überall, wo ihr jedoch vor Vergnügen aus den Wellenbändern in die Luft hüpft, wird ein Strauch entstehen als Zeichen unserer ewigen Liebe."

Kaum hatte das Paar dies gesprochen, öffnete sich mit einem lauten und mächtigen Tosen der kleine See an allen Rändern. In gewaltigen Mengen schickte er in unzähligen Armen sein glasklares Wasser die Felshänge hinunter in die Landschaften des Pinzgaus.
Die Fische staunten ungläubig und drängten sich ängstlich auf einen Haufen zusammen. Der Kobold lachte und rief: „Na los, so schwimmt doch endlich. Besuchen wir die anderen Seen und Flüsse, bis hin zum Meer."
Die Fische sahen die großen und tosenden Wasserbänder vor sich und wurden plötzlich von Angst erfaßt, ihren vertrauten Bergsee zu verlassen.
Da schwang sich der Kobold auf die älteste Forelle – wie ein Reiter auf sein Pferd. Diese faßte Mut und mit einem mächtigen Satz schnellte sie sich den ersten Wasserfall hinunter. Nun folgten alle. In einer Wolke fliegender Fische erreichte der Seekobold auf dem Rücken der Forelle die Talsohle.
Übermütig schwammen sie in den großen Flutwellen und teilten links und rechts durch kräftige Flossenschläge ihren Reichtum aus. Mit jedem versprühten Naß entstand an den Ufern üppiges Wachstum. Eschen, Weiden, Erlen wuchsen und je ausgelassener die Forellen Tropfen aus den Bächen schlugen, desto reicher rankte sich das blühende Band von Weißdorn, Brombeere und Heckenkirschen.
Sprangen die Fische jedoch besonders hoch aus dem Wasser, entstanden wunderschöne Pflanzen mit hellgrünem Laub, überhängend mit weißen oder zartrosa Blütenkelchen und spitzen Stacheln, die Wildrosen. In diesen Eigenschaften glaubten die Menschen der Gegend die blassen Lippen der Quellenfee und den spitzen Dornenkamm des Bergwassermannes erkennen zu können und hielten seither diesen Strauch für ein Symbol der Liebe.
Durch das ständige Auf und Ab in den Wellen und von den Winden der Täler und Ebenen war so mancher kleinen Forelle die Kälte unters Flossenkleid gekrochen, sodaß die vielen Luftfiguren ein kräftiges Niesen begleitete. Überall war ein säuselndes, leicht japsendes „Heeee ... tschiiii ... betschschsch" aus den vielen, kleinen Fischmäulern zu hören. Zum großen Erstaunen der Tiere aber entstand bei jedem lauten „Hetschbetsch" auf den Rosensträuchern eine kugelige, knallrote Frucht. Je kräftiger das Niesen der Forellen war, umso prächtiger wurde der farbenfrohe Zweigschmuck.
So zog die Forellenschar lange Zeit durch die Lande. Entlang allen Gewässern, durch die sie gekommen waren, sprossen Pflanzen, deren heilkräftige Wirkung bald von Tier und Mensch erkannt wurde. Besonders gesegnet aber schienen die Tauerntäler. Jede Jahreszeit brachte andere Farben an Blüten und Früchten hervor und erinnerte in der Gesamtheit an die Fülle jenes Regenbogens, der Ursache und Anlaß der munteren Reise des Seekobolds geworden war. Dieser kehrte auf

dem Rücken seiner Forelle nach langer Zeit zum Bergsee zurück. Viele der Fischlein hingegen beschlossen, in den Gewässern zu bleiben und weiterhin für blühendes Leben zu sorgen.
Die Wildrose aber blieb im Volk der Tauerntäler mit dem Nebeneinander von spitzen Stacheln und lieblichen rosa Blüten ein Symbol für Leben und Liebe. Die Früchte werden noch heute „Hetschibetsch" genannt und – entstanden durch das heftige Niesen der kleinen Forellen – als stärkendes Mittel bei Erkältungskrankheiten in der Volksmedizin verwendet.

Die Heckenrose

Die Heckenrose ist ein Blütenstrauch, einem spröden, stacheligen Mägdlein vergleichbar, mit sanft glühenden Wangen. Seine einfachen und doch so fein duftenden Blüten, umstanden von wehrhaften Spitzen, sind nicht umsonst als ein Sinnbild des keimenden Empfindens im Mädchenherzen in die Volkspoesie eingegangen. Glaube und Aberglaube, Volkssage, Mythos und Symbolik ranken sich seit alten Zeiten um die „Hagrose".

Der Monat Juni ist nach der Göttin Juno, der Frau des Jupiter, benannt. Zu dieser Zeit sind die Wildrosen die auffälligsten und schönsten Heckenpflanzen und gaben seit jeher dem Juni den Beinamen „Rosenmonat".

Der lateinische Name Rosa canina (Hundsrose) sei nach Plinius auf einen Orakelspruch zurückzuführen. Auf der Suche nach einem Mittel gegen Bisse tollwütiger Hunde habe das Orakel auf die stark gerbstoffhaltigen Wespengallen der Wildrose hingewiesen.

Die Verwendung der Rose in der Heilkunde dürfte sehr weit in die Vergangenheit zurückreichen, sei es als Rosenöl, Rosenhonig, Rosenessig, Rosensalbe oder als Hagebuttentee. Nie ist das Hohelied des Hagebuttenstrauches verklungen und siehe, heute erscheint der hübsche, garstig bedornte Vitaminträger in modernem Gewande, begehrt und geschätzt.

Weil die harten Nüßchen der Scheinfrucht von zahlreichen Härchen umgeben sind, nennt man die Hagebutte auch „Hoawuzl" oder „Arschkrizl", Dorfbewohner mit einer Vorliebe für den gesunden Früchtetee wurden auch als „Haarwurzelbua" bezeichnet.

Die Blütenknospen werden im Juni kurz vor dem Aufblühen gepflückt, ihnen kommt eine allgemein stärkende Wirkung zu. Mus, Tee, Saft oder Marmelade sind angezeigt bei Erkältungs- und Infektionserkrankungen.

Im Frühjahr, nach der oft vitaminarmen Kost im Winter (Frühjahrsmüdigkeit), helfen die Hagebutten gegen allgemeine Schwäche und Abgeschlagenheit.

Den höchsten Gehalt an Lebenselixieren besitzen die Hetscherln, auch als „Orangen des Nordens" bezeichnet, bei leuchtend roter Farbe.

Wenn die Bauern früher Hagedornzweige vor das Stallfenster steckten, so entsprach dieser Brauch einem alten magischen Abwehrzauber.

Der Teufelsstein

Brombeermärchen

Die Pinzgauer Heckenlandschaft kann im Wechsel der Jahreszeiten ruhig als irdisches Paradies bezeichnet werden. Unterhalb des Wildkogels liegt inmitten dieses Paradieses das Dörfchen Neukirchen.
Werden die Tage länger und die Sonnenstrahlen wärmer, herrscht alsbald eine verschwenderische Fülle von Blüten in Wald und Flur. Eine der ersten, die ihre Blüte aus den zarten und schützenden Kronblättern löst, ist die Frühlingsknotenblume. Spätestens im März leuchten die blauen Sterne der Leberblümchen unter den Hecken, und Buschwindröschen überziehen die Böden der Wälder.
Alsbald klettert der Laubfrosch mit seinen verbreiterten Fingern und Zehen im grüngewordenen Buschwerk. Immer lauter und kunstvoller werden die Vogelstimmen in den Flurgehölzen und im warmen Sonnenlicht der Maientage erreicht das Treiben seinen Höhepunkt. Überall hüpfen Grünlinge, Drosseln und Buchfinken mit Halmen und Moosen zwischen den Laubzweigen herum. Ihre Nester in Astgabeln sind kleine Kunstwerke, wie so vieles in der Schöpfungsordnung.
Im Sommer schaukeln dann die Falter über die blühenden Wiesen und neue Generationen von Blumen zieren die Gefilde. Wicken bevorzugen oft schattige Plätze zwischen den Heckengehölzen und bringen mit ihren Blüten bunte Kleckse in das grüne Pflanzenkleid. Sternmieren wachsen am Rand der Wälder, wo sich auch Ringelnattern und Eidechsen einfinden, um sich in Ruhe zu sonnen. Mit ihren Kronblättern wetteifern viele Blumen, Blütenbesucher zu gewinnen und die Teppiche des Beerenklau stellen einen einzigartigen Lockreiz für diese dar. Die kleinen glänzendweißen Punkte der Schmetterlingsraupen leuchten wie die Tautropfen, die rosaroten Fruchtstände des Sauerampfers überragen die begleitenden Wiesenflächen. Die knorrigen Äste des Holzapfelbaumes voll spitzer Dornen suchen sich mühsam freie Räume. Dazwischen entfaltet sich ein Gewirr von Stolperfäden, die manchmal wie Baldachinnetze über dem Buschwerk liegen, in denen sich mancherlei Insekten fangen. Bei Einbruch der Dunkelheit beginnt überall in diesem so geheimnisvollen Heckenreich ein vielstimmiges Konzert der Tiere.
Im Herbst tragen die Ranken vieler Pflanzen mit reifen hellroten und unreifen grünen Früchten zur harmonischen Farbsymphonie bei. Singvögel streifen umher, um das Beeren- und Samenangebot zur Anlage von Fettreserven für die lange Reise in die Winterquartiere zu nutzen.

Wenn an milden Vorwintertagen überall Spinnfäden als seidiges Fadengewirr die Bäume und Hecken überzogen, so war der Teufel unendlich verärgert über die friedlichen Zustände in diesem Flecken Paradies.

Auf Lügen und Schwindel bedacht, zog er über Wiesen, Äcker und Felder, um mit großen Versprechungen die Bewohner des Naturreiches neidisch und streitsüchtig zu machen.
Die Rotbeerige Zaunrübe bedauerte er wegen ihrer großen, knolligen Wurzeln; und den Feldahorn verhöhnte er, weil seine Blätter mit pfefferkorngroßen Gallenkugeln verunstaltet waren.
Den Weißen Gänsefuß fragte er scheinheilig: „Warum läßt du es dir gefallen, daß man dich mit so abfälligen Namen wie ‚Dreckskerl' oder ‚Mistkraut' bezeichnet?"
Und als der Höllenbube gerade auf einem Eichenast rastete, flog ein Tagpfauenauge vorbei. Sofort rief der Eindringling: „Du Falterauge, warum bist du eigentlich so dumm und hast dir die häßliche Brennessel als Futterpflanze ausgesucht? Siehst du nicht, wie viele andere schönere und duftendere Blumen hier ringsum wachsen?"
Kaum hatte er hier seine Worte der Zwietracht gesät, verhöhnte er bereits die mächtige Buche. „Wie wohlschmeckend sind doch deine Nußfrüchte, es ist nur schade, daß sie von den Menschen an die Schweine verfüttert werden."
Und auch der Specht hörte eifrig zu, als der böse Kerl ihm scheinheilig die Frage stellte: „Hallo, du Löcherklopfer, wie kann man sich nur diese schwere Arbeit antun, die Nahrung aus den Baumstämmen herauszuhacken, wo überall die köstlichsten Früchte in der Heckenspeisekammer hängen." Ja, und wirklich, je länger der Buntspecht über die Bemerkung des Teufels nachdachte, um so dunkler färbte sich die rote Farbe der Federkappe auf seinem Kopf. „Wahrlich, ich habe ein schwieriges Leben", brummte er. „Auch für meinen Nestbau muß ich mich ziemlich hart plagen." Und er war unzufrieden.
Listig schlich der Teufel über die Wiesen und Waldränder, um weitere Kunden seines widerlichen Treibens zu suchen.
„Haha", lachte er hämisch das Rauhe Veilchen aus, weil es durch abstehende Haare an den Blattstielen gezeichnet war und winkte noch dazu verächtlich zischend: „Schäm dich, du hast ja gar keinen Blütenduft!"
Ja, es gelang ihm sogar, Herrn und Frau Aurorafalter zum Streit zu bringen, nachdem er das Weibchen ständig verspottet hatte, da ihre Flügel keinen orangefarbenen Fleck trugen.
Gelangweilt schaute er den Zikaden zu, die mit ihren verdickten Hinterbeinen ein beachtliches Sprungvermögen in den Hecken an den Tag legten und von den anderen Tieren ehrfurchtsvoll als ‚Froschhüpfer' bezeichnet wurden. „Froschhüpfer", ätzte der Belzebub, „da kann ich nur lachen! ‚Blattflöhe' würde ich euch nennen für diese kläglichen Hopsereien."
Bei seiner Wanderung sah er auf einer Wiese den Bärenklau, der von den Bauern der Gegend ob seiner Wertlosigkeit als Viehfutter viele, oft nicht schmeichelnde Namen erhalten hatte. „‚Kuhholzschuh',

H Bertel
1992

‚Schweinekraut', haha, wie kann man nur solche Bezeichnungen aushalten? Schau doch einmal da hinüber zum Waldgehölz. Siehst du das Geißblatt? Es wird mit dem herrlichen Namen ‚Honigwinde' bezeichnet und der Nektar der Blüten schmeckt zuckersüß."
Nach einiger Zeit herrschte im ganzen Heckenreich höchste Unruhe. Jeder dachte angestrengt über seine eigene Lage nach, aufgestachelt durch die Worte des Zwietrachtsäers, und jeder war schließlich mit seiner Lebensweise äußerst unzufrieden. Der Gefleckte Aronstab wollte nicht mehr unangenehm riechen, die Gundelrebe verlangte erregt vom Schöpfer eine knallrote Blütenfarbe und fast jeder Schmetterling begehrte eine bildhübsche Futterpflanze.
Da beschloß der liebe Gott, dem hinterhältigen Treiben des Teufels nicht mehr länger zuzuschauen und den Unruhestifter aus dem Neukirchener Paradies zu vertreiben.
Der Herrgott wählte unter den Tieren einen silbernen Steinbock mit mächtigen Hörnern aus und befahl, den schlimmen Schwefelbruder zu vertreiben.
Wie der Teufel den gewaltigen Bock mit lautem Hufgeklapper heranstürmen sah, erkannte er, daß er wahrlich zu weit gegangen war, und ergriff, den Zorn Gottes fürchtend, eiligst die Flucht.
Dabei übersah der Teufel einen großen Stein, stolperte und fiel in einen hohen, mit Dornen besetzten Brombeerstrauch. Nur unter Schreien und Jammern, getreten von den starken Vorderläufen des Steinbocks, konnte sich der stinkende Höllenbruder aus dem stacheligen Rutenwerk befreien.
Tausendfach zerkratzt verfluchte der Satan den meterhohen Strauch, dessen Früchte seit dieser Zeit nur mehr als ‚Kratzbeere' bezeichnet werden.
Zugetragen hat sich diese Geschichte nach der Überlieferung in den ersten Oktobertagen am Eingang in das schöne Rosental bei Neukirchen, wo noch heute ein ungeheurer Felsblock als ‚Teufelsstein' bezeichnet wird.
Seit dieser Zeit wird aber auch in den Tälern des Pinzgaus erzählt, daß der wütende Teufel jedes Jahr zu Herbstbeginn auf alle Brombeersträucher spuckt, um seinen Fluch zu erneuern. Es ist daher nicht ratsam, diese von der Teufelsspeie dunkel gefärbten ‚Mohrenbeeren' zu essen.
Und wirklich besitzen in der Tauerngegend die glänzenden Brombeerfrüchte vor Einbruch des Winters einen unangenehmen, fast teuflischen Geschmack, der sogar die hungrigsten Tiere vom Verzehr abhält.
Neukirchen aber blieb, was es immer war, ein kleines Stück Paradies und nahm den silbernen Steinbock als Wappentier.

Die Brombeere

Wenn die Tage kürzer werden und wenn es auf den Herbst zugeht, dann ist Brombeerzeit. Schnell kann man sich auf der der Sonne zugewandten Seite von Feldwegen, Waldrändern und Hecken an ein paar Handvoll köstlicher Brombeerfrüchte erfreuen.

Als Heilpflanze wurde die Brombeere wohl schon in vorgeschichtlicher Zeit geschätzt – die antiken Schriftsteller Theophrastus, Plinius und Galenus empfahlen sie zur Kräftigung des Zahnfleisches und gegen Durchfallerkrankungen.

Die schier unübersichtliche Formenfülle der Brombeerarten eignet sich vortrefflich für Diäten bei Magen-, Zucker- und Nierenleiden, mindert Schlafstörungen und ist dank der wertvollen Geschmacks- und Inhaltsstoffe ein äußerst gesundheitsfördernder Genuß.

Nach alten Überlieferungen sollten sich auch Kranke mit Kropf, Ausschlag oder Geschwüren einer „Brombeerkur" unterziehen. Dabei mußten die Leidenden durch die von den Ranken der Brombeere gebildeten Bögen vorwärts durch- und dann rücklings wieder zurückkriechen. Es herrschte der Aberglaube vor, daß durch diese Art der Fortbewegung die jeweilige Krankheit am Strauch abgestreift werden könne, wohl der Stacheln wegen.

Die Blüte mit ihrem weißen bis rosafarbenen Aussehen zieht sich von Mai bis August dahin, die Beeren reifen schwarz, glänzend oder bläulich bereift, September/Oktober.

Von der Brombeere werden sowohl die Blätter als auch die Beeren als Arzneimittel verwendet. Die Früchte eignen sich zum Rohgenuß, für Saft oder Marmelade.

Die Brombeerblätter – jung und im Frühjahr gesammelt – wirken krampflösend, blutreinigend und ergeben in Verbindung mit Erdbeer- und Himbeerblättern ausgezeichnete Varianten von Haustees.

Sie enthalten auch Gerbstoffe, die eine besondere Festigkeit der Haut bewirken und sie damit widerstandsfähiger machen.

Auch kann man mit einem Aufguß aus Brombeerblättern bei Entzündungen im Mund- und Rachenraum gurgeln.

Der Geigenbaum

Bergahornmärchen

An einem schönen Sommermorgen fuhr eine prunkvolle Kutsche auf der staubigen Feldstraße in Richtung eines kleinen Dörfchens mit Namen Bramberg. In ihr saßen die sehr hübschen, aber auch sehr hochfahrenden und stolzen Töchter eines Landherrn aus dem fernen Tirol. Beide sahen nicht nur gleich aus, sie hatten auch die gleiche verführerische Stimme, und beide hatten das gleiche Goldhaar, das in der Sonne mit dem gleichen Schimmer leuchtete. Keiner der Bewunderer hätte einen Unterschied finden können, um der einen oder der anderen den Vorzug zu geben, denn sie waren Zwillinge. Sie zu unterscheiden halfen lediglich zwei Krönchen, die sie vor aller Welt trugen, ein rotes und ein weißes. Sie waren einander herzlich zugetan und wohl zu mancherlei witzigen Späßen aufgelegt. Ihre muntere Lebensart verleitete sie immer wieder dazu, ihre Umgebung zu narren. Tauschten sie ihre Krönchen, war jedermann von ihren Launen abhängig.
Die Kutsche, in der die beiden Edelfräulein scherzend und voll guter Laune reisten, war bereits mehrere Stunden unterwegs. Die Sonne stand jetzt hoch am Himmel. Malerisch lagen Wiesen und Felder in ihrem Glanz da, ein kleiner Bachlauf begleitete den Weg und plätscherte munter dahin. Hecken, in denen die Vögel sangen, gliederten die Talfläche, hie und da abgelöst von alten Holzzäunen. Kleine Heuhütten waren für das Auge Ruhepunkte in der lieblichen Landschaft. Die Natur schien aufs allerbeste ergänzt durch die gestaltende Arbeit der bäuerlichen Wirtschaft.
Die beiden Mädchen verspürten Hunger. Da sie sich der Schönheit der Gegend, durch die sie gerade fuhren, bewußt waren, ließen sie haltmachen, um während ihres Mahles auch die herrliche Aussicht genießen zu können. Eilfertig sprangen die mitreisenden Diener vom hinteren Trittbrett und öffneten den Wagenschlag für die holden Damen. Dienstbeflissen breiteten sie ein Tuch in die Wiese, legten Kissen zurecht, stellten Speis und Trank bereit und hatten darauf acht, daß es an nichts fehlte.
Alles war bestens. Die beiden Mädchen ließen sich gutgelaunt nieder, sie wechselten einen Blick miteinander, und schon sagte die eine, die Gedanken der anderen lesend: „Ihr Diener könnt euch entfernen. Nichts soll uns bei unserer Mahlzeit stören. Belästigt uns nicht mit eurer Unterhaltung, vergnügt euch im Wald, bis wir euch rufen. Dann könnt ihr euch von den Resten der Mahlzeit hier sättigen."
Stumm entfernten sich die Diener und ließen die beiden allein. Doch kaum hatten sie sich den Speisen zugewandt, ertönte in nächster Nähe eine krächzende Stimme: „Ihr edlen Frauen! Laßt mich teilhaben an eurer Mahlzeit, ein Stück Brot und einen Schluck Wein, wie lange

habe ich solches entbehrt. Dies würde mich soweit kräftigen, daß ich mich imstande sähe, meinen mühseligen Weg fortzusetzen."

Entsetzt schauten die beiden Mädchen um. Aus dem Gebüsch trat ein altes zerlumptes Brunnenweiblein, humpelte mühselig auf die beiden zu und machte Anstalten, an der Tafel teilzuhaben. Rasselnd stellte es Wassereimer und Blechkessel ab, die es auf einer Stange quer über seiner Schulter trug.

„Verschwinde, du unverschämtes Weib!" herrschte es das rotgekrönte Mädchen an. „Untersteh dich, unsere Mahlzeit zu stören. Wenn dich hungert, sammle die Rinden da drüben, die wir weggeworfen haben. Verschwinde, denn sonst rufen wir die Diener, die werden dir Beine machen."

„Du bist schon zu lange hier gewesen", fügte nun das weißgekrönte Mädchen hinzu, „dein Anblick hat mir die gute Laune vertan. Beeile dich, denn der Wind streut den ganzen Staub deiner Lumpen über unser Essen. Gleich wird auch die Mahlzeit verdorben sein. Deinesgleichen und unsereiner können nie gemeinsam an einem Tisch sitzen. Geh und erspare uns den Anblick deines Runzelgesichtes."

Kaum hatten die sich so vornehm dünkenden Zwillinge ihre gleichermaßen zurückweisenden wie verletzenden Worte gesprochen, da richtete sich die Alte auf. Sie wuchs förmlich in den Himmel, sie hob ihre knochige Hand zum Fluch, trat zornig mit einem Fuß nach ihren Kesseln, daß es nur so klirrte, und rief: „Ihr geizigen Wesen. Ich will es euch zeigen."

Zur Rotgekrönten gewendet fuhr sie fort: „Du wirst ein Vogel, der sich durch harte Arbeit das Futter erringen muß. Täglich sollst du die Bäume abklopfen, die Rinden anheben und darunter Käfer und Larven suchen."

Kaum war der Satz gesprochen, flog ein großer Vogel mit roter Haube davon und verschwand mit heiserem Schrei, einem Buntspecht zum Verwechseln ähnlich, im Wald.

Zur Weißgekrönten, die noch gar nicht begriffen hatte, was vor sich ging, sagte sie: „Du bist noch ärger als deine Schwester, die mir wenigstens die Rinden gegönnt hätte. Du sollst erniedrigt im Staub kriechen und alle Welt soll vor dir Ekel haben, wie du vor mir Ekel gezeigt hast."

Im selben Augenblick war die zweite Schwester in eine Schlange verwandelt, nur das weiße Krönchen auf ihrem Haupt erinnerte an ihre Herkunft.

Den Dienern im Wald war die Zeit lang geworden. Da sie nicht gerufen wurden, kehrten sie, vorsichtig Ausschau haltend, von allein zurück. Aber sie sahen niemanden. Sie kamen herbei und fingen an, nach den beiden Edelfräulein zu rufen und zu suchen. Immer sorgenvoller und verzweifelter wurden ihre Mienen.

Als die Schatten länger wurden und sich die Sonne zum Untergang neigte, gaben sie die Suche auf. Keiner sprach ein Wort. Sie schirrten

die Pferde an und fuhren allein weiter, voller Angst, daß sie für das seltsame Verschwinden der beiden Töchter vom Landherrn zur Verantwortung gezogen würden. Sie beschlossen, das nächstbeste Gehöft aufzusuchen, um dort Unterkunft für den nächsten Tag zu erbitten.
Sie mußten nicht weit fahren. Alsbald zeichnete sich gegen den noch schwach beleuchteten Horizont das große Dach eines Bauernhauses ab. Die alten Bauersleute nahmen die Fremden freundlich auf, riefen ihren Sohn herbei und legten die Angelegenheit in seine Hände, nachdem sie die Geschichte vom seltsamen Verschwinden der beiden Damen vernommen hatten.
Aber wie viel auch in den kommenden Tagen und Wochen gesucht wurde, von den beiden Mädchen fand sich keine Spur. Der Bauernsohn scheute keine Mühe und vernachlässigte die Felder, zog überall Erkundigungen ein, doch niemand hatte etwas von den beiden Mädchen gesehen oder gehört. Man mußte das Schlimmste annehmen.
Schließlich verabschiedeten sich die Diener und der Bauernsohn begann, sich wieder seiner gewohnten Arbeit zuzuwenden.
Sein Gehöft war klein, die Bauersleute konnten vom Ertrag der Felder kaum leben. So hatte der findige Sohn, der ein geschickter Bursche war, mit der Anfertigung von allerlei Pfeifen, Flöten und Saiteninstrumenten begonnen, um damit einen kleinen Handel zu betreiben. Zuletzt hatte er sich auch im Geigenbau versucht. Er hatte eine glückliche Hand und verdiente genügend Geld hinzu, um seinen und seiner Eltern Lebensunterhalt besser zu bestreiten.
Jede Woche zog er einmal mit seinem Fuhrwerk in die nächsten Ortschaften, um die hergestellten Instrumente auf den Märkten zu verkaufen.
Auf seinen Fahrten über Land war ihm aufgefallen, daß ihm an einer bestimmten Stelle des Wegs ein Buntspecht begegnete. Ja, fast schien ihm, als erwarte er ihn, um ihn dann ein Stück zu begleiten. Er gewöhnte es sich an, nach ihm Ausschau zu halten, nach ihm zu rufen und zu pfeifen.
Eines Tages begegnete ihm der Specht nicht nur bei der Ausfahrt, sondern auch auf der Heimfahrt. Er flatterte aufgeregt hin und her, hüpfte auf den Boden und setzte sich in immer knapperen Abständen dem munteren Rößlein, das den Wagen zog, vor die Hufe.
„Hüh!" sagte da der Bauernsohn, zog die Zügel an und brachte seinen Wagen zum Stehen. „Wir wollen doch sehen, warum der Specht gar so aufgeregt ist."
Nichts anderes hatte der Specht erreichen wollen. Er hüpfte flatternd vor dem Specht hin und her und führte ihn zu einer Stelle am Wegrand, wo er erwartungsvoll auf einem Stein sitzenblieb. Dort lag, in den Staub getreten, hilflos und verletzt, eine kleine Krönchenschlange.
Mißtrauisch betrachtete der Bursche das Schlänglein und wußte nicht, was das Gehabe des Vogels zu bedeuten habe.

Er wollte schon kehrtmachen, da fing der Specht an, Lärm zu schlagen und ihn aufgeregt zu umschwirren.
„Mit der Schlange ist etwas nicht in Ordnung", brummte der Bursche. „Nachdem der Specht sie schon nicht gefressen hat, soll ich es wohl auch so halten. Der Vogel ist mir ja wie ein Freund", dachte er.
Also ging er hin, hob die Schlange auf, trug sie zum Wagen und flößte ihr etwas Milch aus seiner Trinkflasche ein. Danach zog er sein Hemd aus und riß ein Stück Stoff davon in Streifen. „Ist nicht schad' drum. Ein neues wäre längst fällig gewesen", sagte er in Gedanken an das warnende Gesicht seiner Mutter. „Ich muß die Schlange verbinden und in Sicherheit bringen, sonst nutzt ihr die Milch auch nichts mehr."
Er verband das verletzte Tier und trug es behutsam zu einem Wurzelstock, legte es in seine Höhlung, streichelte es noch und tarnte die Stelle mit feuchtem Moos. Dann machte er sich auf den Heimweg.
Die nächsten Wochen besuchte er auf seinen Fahrten jedesmal die Krönchenschlange und brachte ihr Milch. Das Tier war schon längst genesen und hatte den Verband abgestreift, aber immer noch wartete es an Ort und Stelle auf den Burschen und seine Milch. So ging der Sommer hin.
Eines Tages aber fanden sich weder Specht noch Schlange auf seinem Weg. Da war der Bursche traurig und ratlos. Er setzte sich hin, holte seine Flöte heraus und fing in seiner Traurigkeit an zu musizieren. Das tröstete ihn. Mit der Zeit wurde es ihm zur lieben Gewohnheit. Bald spielte er auf der Geige, bald blies er auf der Flöte oder zupfte an seinen Instrumenten, die zum Verkauf bestimmt waren. Ein unerschöpflicher Reichtum an Ideen und Melodien floß ihm zu, immer besser verstand er es, sich auf seinen Instrumenten auszudrücken, und er versäumte es nie, an der bestimmten Stelle Rast zu halten.
Obwohl er immer geschickter wurde, gingen die Geschäfte immer schlechter. Not war allerorten eingekehrt, die Leute waren zurückhaltend geworden. Sie wollten ihr Geld nur noch für nützliche Dinge, zuletzt nur noch für Eßbares ausgeben. Hin und wieder warf man ihm für sein Spiel ein paar Groschen zu, Instrumente wollte aber keiner mehr kaufen. Auch auf dem Hof seiner Eltern wurde die Not immer größer. Die letzte Kuh mußte aus dem Stall.
Eines Tages, als er wieder müde und erschöpft heimwärts zog, ohne viel eingenommen zu haben, hörte er schon von weitem einen Specht trommeln. Fast klopfte sein Herz ebenso laut, er wagte kaum zu hoffen, daß sein lieber Specht zurückgekommen wäre. Auf einem mächtigen Bergahorn am Eingang zum Habachtal sah er ihn aber dann sitzen und mit kräftigen Schnabelhieben auf einem mächtigen Ast herumhakken.
Wie angewurzelt blieb er unter dem Baum stehen, hatte alle Not vergessen, nur noch Augen für den Specht. Der Klang des Holzes faszinierte ihn, und allmählich begriff er, daß nicht nur seine Freude

das Geräusch in Musik verwandelt hatte, sondern daß das Holz selbst zu klingen schien. Eine wundersame, glückliche Stimmung kam über ihn, er pfiff dem Specht wie in alten Zeiten zu, winkte ihm und wollte sich schließlich wieder auf den Weg machen.
Kaum hatte er sich gewendet, hörte er hinter sich eine feine Stimme: „Was hast du es so eilig? Wir haben uns lange nicht gesehen und jetzt, da ich sprechen kann, möchte ich dir meine Dankbarkeit erweisen."
Ebenso vom Baum herunter ließ sich jetzt eine zweite Stimme vernehmen: „Jawohl, jawohl, über's Jahr haben wir sprechen gelernt dank deiner Güte und Hilfsbereitschaft. Jetzt laß' auch du zu, daß wir dir helfen. Willst du's annehmen, können wir uns über's Jahr wieder treffen."
Zuerst war der Bursche arg erschrocken, aber als er unter dem Baum seine weiße Krönchenschlange erkannte, hatte er keinen Zweifel daran, daß auch der Specht der rechte war, sein Freund. Voll Freude wollte er hinstürzen. Ihm war, als ob er schon eh und je Unterhaltung mit den beiden gepflogen hätte. Ein unbeschreibliches Glücksgefühl erfüllte ihn, vergessen war alle Not und Niedergeschlagenheit.
Daher hörte er zum zweitenmal die Stimme. Es war der Specht, der sprach: „Gib acht über Nacht, ich will es dir zeigen, bau dir die schönste der Geigen."
Kaum war der Vers verklungen, fiel krachend der vom Specht ringsum bearbeitete Ast des Bergahorns herab. Im Geräusch des gesprungenen Holzes aber war ein so herrliches Klingen, daß der Bursche, inzwischen geübt als Instrumentenbauer, sofort seinen Wert erkannte.
Unter den Zweigen und Blättern hörte er nun noch einmal das erste Stimmchen, das seiner geliebten Krönchenschlange: „Wart übers Jahr, wenn Frühling war, spiel auf mit der Geigen zum Hochzeitsreigen, ich will freien, es wird dich nicht gereuen."
Ein letztes Mal raschelte und zischelte es, und auch das weiße Schlänglein war verschwunden.
Verdutzt und erstaunt nahm der Bauernsohn den Ahornast mit nach Hause, machte sich anderntags sofort an den Instrumentenbau. Er sang und pfiff während der Arbeit. Den ganzen Winter über kam ihm seine gute Laune nicht mehr abhanden. Seine Eltern wunderten sich, aber es war ihnen recht.
Das Holz des Ahorns erwies sich als vortrefflich. Der Bursche ging geschickt und sparsam damit um, er fertigte daraus Boden und Hals einer Geige. Das Holz bog er vorsichtig und geduldig über dem glühenden Eisen. Alle übrigen Teile machte er wie bisher aus Fichtenholz. Als die Geige endlich fertig war, brachte er sie zum Klingen. Sie entfaltete einen wunderschönen, einschmeichelnden, schlanken Ton. Von Mal zu Mal wurde er voller und umfassender. Samtig dunkle Färbungen der Geigenstimme wechselten mit glockenreinen Klängen. Die höchsten Lagen klangen so schön wie die tiefen.

„Das ganze Leben läßt sich darauf spielen“, dachte der Bursche, wenn er das Instrument zärtlich an seine Wange hob und mit dem Bogen über die Saiten fuhr. „Sie weint mit mir, und sie jubelt, sie fühlt wie ich, sie spielt sich fast von selbst.“
Er zog nun wieder hinaus, diesmal als Spielmann. Überall, wo er auftrat, liefen die Leute zusammen. Sein Ruf verbreitete sich wie der seines Instruments. Von weit her kamen die Leute, um ihn spielen zu hören. Mehr als einmal wollte man ihm dieses wunderbare Instrument abkaufen, aber er widerstand allen Angeboten. „Das wäre, als verkaufte ich meine Seele“, sagte er jedesmal, „lieber sterbe ich, und außerdem“, fügte er manchmal verschmitzt hinzu, „übers Jahr muß ich auf einer Schlangenhochzeit spielen. Versprochen ist versprochen.“
Der Frühling kam, und als der Frühsommer seine ganze Pracht entfaltet hatte, wurde der Bursche unruhig. Er hielt nun wieder Ausschau an den Wegrändern, ob er irgendein Zeichen fände, einen kleinen Hinweis. Hatte die Krönchenschlange nicht gesagt, sie wolle freien, er solle mit der Geige aufspielen, es werde ihn nicht gereuen?
Eines Tages kehrte er spät zu seinem elterlichen Hof zurück, wo er mit Ungeduld bereits erwartet wurde. Fremde Boten waren eingetroffen. Ihr Herr hatte sie ausgeschickt, ihn aufzusuchen, denn die Kunde von seinem virtuosen Spiel war weit in alle Lande gedrungen. Sie sollten ihn zur Hochzeit laden. Die beiden Töchter des adeligen Herrn, beide gleich alt, gleich schön, wollten heiraten. Der Erbprinz eines benachbarten Landes hatte um die Hand der ‚roten' Tochter, wie man sie im Volksmund hieß, angehalten. Diese hatte eingewilligt unter der Bedingung, daß auch ihre Schwester, die ‚Weiße' geheißen, heirate. Das brachte große Verlegenheit mit sich, denn die Weiße hatte zwar lachend eingewilligt, doch war weit und breit kein Bräutigam zu sehen. Jede stille Hoffnung hatte sie im Keim erstickt und bisher alle Freier zurückgewiesen. Trotzdem ließ sie ihren Vater zur Doppelhochzeit rüsten. Sie stellte nur eine Bedingung. Jener Spielmann, dessen Weisen landauf, landab in aller Munde waren, müßte kommen und sein herrliches Instrument erklingen lassen. Mit der Musik würde auch ihr Bräutigam erscheinen. So hatte der Vater denn die Boten ausgesandt, um den Spielmann ausfindig zu machen.
Dieser zog nun mit den Dienern in das ferne Tirol und ließ sich von ihnen unterwegs viel über die vornehmen Töchter erzählen, zu deren Hochzeit er fuhr. Man erzählte ihm, daß die beiden Töchter einst reizende, aber hochfahrende Geschöpfe waren, die eines Tages von einer Reise nicht mehr heimgekehrt waren. Man hatte sie nach langem, vergeblichem Suchen totgesagt. Das Rätselhafte ihres Verschwindens hatte ihr Gedächtnis im Volk erhalten, und auch die Trauer des Vaters war nie versiegt.
Eines Tages waren zwei Mägde auf dem Schloß eingekehrt und hätten um Arbeit gebeten. Man habe sich ihrer erbarmt, die beiden im Ver-

trauen auf die Güte des Herrn aufgenommen. Als die beiden sich durch Anständigkeit auszeichneten, stiegen sie zu höheren Ämtern auf. Sie wurden zum Dienst an der Tafel des Herrn bestimmt.
Dann geschah das Wunderbare: Der Herr hatte in den Mägden seine beiden verloren geglaubten Töchter wiedererkannt. Viele Tage hatte das Fest des Wiedersehens gedauert, und jetzt übers Jahr sollte die Hochzeit gefeiert werden.
Wobei der eine Bräutigam noch ausstand, wie der eine Diener lachend hinzufügte.
„Es wird schon der Rechte zur rechten Zeit kommen", sagte der ältere der beiden und er verwies dem Jüngeren seinen Übermut.
Mit Staunen hatte der Spielmann die seltsame Geschichte gehört. Er erinnerte sich dunkel daran, wie doch seinerzeit die Rede von zwei verschwundenen Edelfräulein war und gerade auf seinem elterlichen Anwesen die verstörten Diener die erste Meldung gemacht hatten.
Inzwischen waren sie auf dem Schloß angekommen. Noch am selben Abend wurde der Spielmann aufgefordert, zum Tanz aufzuspielen. Die beiden Schwestern erschienen bräutlich geschmückt im festlich erleuchteten Saal. Die eine ganz in flammendem Rot mit dem Erbprinzen am Arm, dahinter allein, in blendendes Weiß gehüllt, die zweite der Schwestern.
Nun machte man dem Burschen ein Zeichen, er fing zu spielen an und ließ seinen Gefühlen freien Lauf. Er spielte Freude und Kummer zugleich. Alle waren wie verzaubert. Dem Vater war es, als erkenne er in der Musik sein ganzes Leben wieder. Das Paar aber tanzte hingebungsvoll und verlieh in vielen Figuren seiner Liebe spielerischen Ausdruck, bis rauschender Beifall aufbrandete und der Spielmann erschöpft seine Geige sinken ließ. Beide, Braut und Bräutigam, fielen sich atemlos und glücklich in die Arme.
Plötzlich wurde es ganz still im Saal. Die weiße Braut war in den Schein der Lampen getreten, man machte ihr Platz, mit geschlossenen Augen kam sie in die Mitte des Saales und hob die Arme. Der Spielmann sah sie und erschrak bis ins Innerste seines Herzens. Sie stand da mit offenen Augen, die Arme hoch über dem Haupt erhoben. Auf ihrem goldenen Haar schimmerte ein kleines, weißes Krönchen. Langsam begann sie, sich in ihren Hüften zu wiegen. Der Spielmann hatte kein Auge von ihr gelassen. Nun hob er die Geige erneut ans Kinn und spielte. Er spielte wie nie zuvor.
Die Tänzerin aber bewegte sich schlangengleich, noch nie hatte irgendjemand solch einen Tanz gesehen. In immer neuen Figuren und immer schnelleren Bewegungen verschwisterten sich Tänzerin und Geiger zu einer untrennbaren Gemeinschaft. Sie bezogen Leben voneinander, steigerten sich gegenseitig, ruhten ineinander und entfalteten sich aufs Neue. Das weiße Mädchen umtanzte den Spielmann in immer engeren Kreisen und dieser drehte sich, sie unverwandt im

Auge behaltend, mit. Im Saal herrschte äußerste Spannung. Der Vater hatte längst den wahren Bräutigam seiner zweiten Tochter erkannt und wartete tiefgerührt das Ende des Tanzes ab. Da sprang mit schrillem Ton eine Saite. Der Bann war gebrochen.

Die Tänzerin, nahe am Spielmann, öffnete die Augen und sah ihn an. Dieser ließ die Geige sinken. Er erkannte sie als seine Braut, seine Krönchenschlange, die er am Weg aufgelesen und geheilt hatte.

Und so hatte sie nun ihn vor aller Augen erwählt. Nun stand dem strahlenden Hochzeitsfest nichts mehr im Weg. Es dauerte dreimal sieben Tage, bis zum heutigen Tag erzählt man vom Glück dieses Paares.

Der Bauernsohn zog mit seiner Braut zurück in sein Heimatdorf. Er wurde ein berühmter Instrumentenbauer, der sein Geheimnis wohl zu hüten wußte. Erst vor seinem Tod verriet er es seinen Söhnen, daß die herrlichen Töne seiner Geige durch das edle Holz des Bergahorns ermöglicht worden waren.

Der alte und mächtige Bergahorn aber, von dem der Buntspecht den Ast gebrochen hatte, steht noch heute wie ein Wächter beim Eingang zum Habachtal und wird im Volksmund „Geigenbaum" genannt.

H. Berkel
1992

Der Bergahorn

Der stattliche, besonders in Berg- und Geröllwäldern wachsende Laubbaum kann sich bis zu einer Höhe von 40 m entwickeln. Mit hochgewölbter, nicht sehr ausladender Krone steht er oft am Eingang von Tälern bis zur Baumgrenze hinauf.

Die dichtstehenden Äste, unregelmäßig verzweigt, strecken sich meist schräg aufwärts oder steil in den blauen Himmel. Er bildet Doppelfrüchte in Gestalt von Nüßchen aus.

Aus dem harten Holz werden Möbelfurniere und Musikinstrumente hergestellt und an so machen Orten gibt es eine Vielzahl von kräftigen Bäumen, sodaß diese Stellen im Volk oft als „Geigenwald" bezeichnet werden.

Die äußere und innere Schönheit eines Instrumentes wird weitgehend vom Holz bestimmt. Viele Instrumentenbauer versuchten ein Leben lang dem Geheimnis der Holzarten auf die Spur zu kommen.

Wird der Bergahorn an einem bestimmten Tag zu einer bestimmten Stunde talabwärts gefällt, dann trocknet das Holz sehr rasch, läßt sich leicht bearbeiten und behält seine Form. Es läßt sich dünn hobeln, reißt beim Schnitzen und Biegen nicht ein und zeigt nach dem Schleifen eine besonders schöne Maserung.

Der schlafende Riese

Holundermärchen

In den Hohen Tauern, hinter steilen Bergen, dort wo gegen Westen zu hinter einer steilen Felsnase die Sonne allabendlich versinkt, hauste einst der gefürchtete Riese Tanngries.

Man hatte ihn nur selten zu Gesicht bekommen, denn seine Geschäfte waren nicht immer lauterster Art, und er pflegte sie bei Nacht und Nebel abzuwickeln. Sein wildes Aussehen jagte jedem Angst und Schrecken ein, sobald er auftauchte. Und so war es zu verstehen, daß jede Gegenwehr erlahmte, ja schon im Keim erstickte, kaum daß sie sich geregt hatte.

Der mächtige Schädel saß auf gedrungenen Schultern. Die Züge wirkten hart und verschlossen. Die tiefliegenden Augen wurden durch buschige Augenbrauen beschattet. Sie waren ebenso struppig wie sein Bart. Seine roten Haare standen wirr in alle Richtungen. Stets hatte er die Kinnladen fest aufeinandergepreßt und seine riesigen Schaufelhände zu Fäusten geballt, als ob er sie auf diese Art hindern müßte, dort, wo er gerade vorbeikam, Natur und Mensch Gewalt anzutun.

Mit finsterer Entschlossenheit war er darauf aus, Reichtümer anzuhäufen, ohne daß man je davon gehört hätte, wie er sie nützte. Auch sich selbst vermochte er kein angenehmes Leben zu schaffen. Ständig trieb es ihn umher. Er war den ganzen Tag unterwegs, um den Bewohnern der Tauerntäler das mühsam in Bergwerken geschürfte Gold und Silber abzunehmen.

Auf Edelsteine hatte er es besonders abgesehen. Seine Beute versteckte er in einer mächtigen Felsenhöhle hoch oben, wo Gletscherschliffe den Zugang fast unmöglich machten und kaum passierbares Blockwerk jedes Vorankommen hinderte.

Für seine Raubzüge benützte er einen hochrädrigen Holzkarren, der von zwei feurigen, pechschwarzen Geißböcken gezogen wurde. Mit einer ledernen Peitsche trieb der Riese die schnaubenden Böcke bergan, wobei die eisernen Radreifen an den schroffen Kanten der Steinblöcke sprühende Funken erzeugten, die in der Nacht weit bis ins Tal sichtbar waren. Wenn der rotstruppige Kutscher seinen Ziegenwagen mit dem geraubten Schatzgut in finsteren Nächten über Stock und Stein rasseln ließ, verschlossen alle Leute ängstlich ihre Häuser. Hatte Tanngries reiche Beute gemacht, fuhr er mehrmals des Nachts. Seine Hände führten geschickt die breiten, silberdurchwirkten Zügel und lenkten gewandt das höllische Gefährt.

Noch in den Morgenstunden war das heisere Jauchzen des Riesen zu hören, auch wenn der Wagen schon längst bergwärts verschwunden war. Erst nach Sonnenaufgang wagten sich die Bewohner wieder an ihr gewohntes Tageswerk. Für eine Weile hatten die Menschen dann

Ruhe. Während dieser Zeit schlurfte Tanngries durch seine große Schatzhalle, um die angesammelten Schätze zu bewundern. In Kisten und Kasten häufte sich das Gold. Unze um Unze wurde es gewogen und zu kleinen Barren verschmolzen. Auf grobgezimmerten Tischen und Bänken standen Schalen voller Edelsteine. Täglich nahm er sie in die Hand, wobei seine Finger eine Zärtlichkeit erkennen ließen, die man sonst seinen groben Fäusten nie zugetraut hätte. Entzückt durch die Pracht und Menge seiner Schätze lachte er wohlgefällig, wenn er mit Zählen und Wägen zu Ende gekommen war.
Danach verließ er seine Schatzhöhle und schlug das eiserne Tor mit Krachen zu, sodaß es noch in den entlegensten Waldschluchten zu hören war. Das Tor sicherte er mit sieben Schlössern und begab sich dann zur Ruhe. Die stärksten und mutigsten Männer des Tales, aber auch fremde fahrende Gesellen, Ritter und Edelleute hatten des öfteren schon versucht, Tanngries beim Zählen seiner Schätze zu belauschen. Manch ein Plan war geschmiedet worden, ihn zu überlisten und seinem Treiben ein Ende zu bereiten.
Eines Tages streifte auch ein junger Wandersbursch durch die Gegend des Seebachtales und hörte in einem Gasthaus von den Untaten des Räubers. Die ängstlichen Bauern in der Wirtsstube wußten mancherlei Geschichten über den Riesen zu erzählen; wie übel er allen mitspielte, die seine Raubfahrten zu hindern suchten.
„Niemand wird ihm ein Ende bereiten können", sagten sie alle. „Und", fügte ein alter Jäger hinzu, „wie viele hat er schon um den Verstand gebracht, wenn sie der Schätze wegen Kopf und Kragen riskierten!"
„Ich will es aber dennoch probieren", rief keck der fröhliche Mann. „Mich verführen die Schätze nicht. Ich werde die Gegend von diesem wilden Räuber schon befreien. Mich blendet der Reichtum nicht. Ich weiß nicht, was schlimmer ist, die Räubereien des Riesen oder die Hoffnungslosigkeit, mit der sich die Leute darein geben."
Ehe das Morgenrot die Gebirgskämme säumte und die Vögel erwachten, brach der Bursche auf und stieg unbekümmert durch den taubenetzten Wald. Er bewegte sich vorsichtig. Kein Zweig zerbrach unter seinem Tritt, und aufmerksam schaute er umher, ob er Spuren vom Tanngries entdecken könnte.
Nach einiger Zeit kam er auf eine Waldlichtung. Da stand weithin sichtbar ein ausladender, blühender Holunderstrauch. Seine Äste beugten sich unter der Last der elfenbeinfarbenen Blütenpracht, und ein fast ohrenbetäubendes Gesumme von Bienen und Hummeln erfüllte den Ort. In der Luft hing ein süßer, unvergleichlich betörender Duft. Betäubend und aufregend zugleich. Schmetterlinge gaukelten von Blüte zu Blüte und genossen die Fülle. Ein kleines Bächlein murmelte in der Nähe. Frauen- und Silbermäntelchen säumten die Ufer. Ein seltsamer Zauber lag über der Lichtung. Die kleine Wiese lud zur Rast ein und doch, kein Tier des Waldes kam hier zur Tränke. Kein

H. Bertel
1992

Reh wollte hier äsen. ‚Das liegt wohl an dem betörenden Duft', dachte der Bursche benommen. Und als er in nächster Nähe einen Fuchs herumtorkeln sah, wußte er Bescheid. Begann er doch an sich selbst die Wirkung zu spüren.
‚Das wäre das Richtige für den Riesen', dachte listig der Bursche. ‚Vielleicht kann ich ihm mit der Wirkung dieser Blüten beikommen.' Und er begann vorsichtig, mit abgewandtem Gesicht mehrere Zweige vom blühenden Holler zu pflücken, stets darauf bedacht, die Besinnung nicht zu verlieren.
Nachdem er die Holunderzweige zusammengebunden hatte, rastete er seitab, um sich zu stärken und klaren Kopf zu behalten. Danach setzte er mit Ausdauer seinen Weg wieder fort. Das Steigen wurde immer mühseliger, je höher er kam. Während des beschwerlichen Aufstiegs hatten sich zur Freude des jungen Mannes zahlreiche Falter auf die weißen Blüten des Holunderstraußes gesetzt und ihn begleitet. Rastlos wanderte er weiter. Bald war die Baumgrenze erreicht. Er kämpfte sich durch Latschenfelder über steile Geröllhalden empor in die Nähe zerklüfteter Felsen, die gefährlich und drohend vor ihm aufragten.
Es war schon fast Mittag. Obwohl die Sonne hoch am Himmel stand, war es merklich kühler. Die Falter, die ihn begleitet hatten, ließen ab von ihrem Gaukelspiel. Sie schlossen die Flügel und verkrochen sich in dem üppigen Strauß.
Plötzlich sah sich der Bursche einer hohen Felsspalte gegenüber, deren Grund im tiefen Schatten lag. So unvermittelt war der Riß im Felsen aufgetaucht, daß er geblendet von der Sonne kaum der Türe gewahr wurde, die ins Innere führte. Das konnte nur die gesuchte Behausung des Riesen sein.
Er faßte seinen ganzen Mut zusammen und rief laut den Namen des Riesen: „Tanngries!".
Im Innern war ein wildes Poltern zu hören. Der Riese erschien und öffnete krachend das große Tor. Seine breiten Füße steckten in grünen Moosschuhen, und sein Haupt war mit dicken, langen Farnblättern bedeckt. „Was willst du?" schnaubte Tanngries und schüttelte einen Fichtenbaum, den er in der Hand hielt, so heftig, daß dem jungen Mann Hören und Sehen verging. Dies machte der griesgrämige Riese immer so, wenn er wütend war. Deshalb wohl hatte er von den Talbewohnern den Namen Tanngries erhalten.
„Hoher Herr, mächtiger Riese", rief der nun vor Angst zitternde Bursche. „Ich möchte dir meinen Gruß entbieten und einen Blumenstrauß bringen. Er ist mit Edelsteinen besetzt. Schau her, die Blüten sind voller Smaragde und Bergkristalle."
Entzückt hörte Tanngries das Wort Smaragd und Kristall. Die verheißenen Edelsteine weckten seine Gier, sodaß sein Zorn verflogen war. „Woher hast du diesen Strauß, elendiger Mensch?" fragte Tanngries

tückisch und beugte sich nieder, um alles näher in Augenschein zu nehmen. In dem Moment wurden die Blüten des Holunders von einem Sonnenstrahl getroffen und leuchteten auf.
„Wo sind hier Edelsteine, Bergkristalle oder gar Smaragde? Ich sehe keine. Du hast mich belogen.“ Und schon wollte er mit seiner gewaltigen Faust den armen Burschen packen.
„Warte doch!“ rief dieser in höchster Verzweiflung. „Die Steine sind tief im Strauß verborgen. Du mußt erst deine Nase ganz hineinstecken.“
Brummend nahm Tanngries den duftenden Hollerstrauß in seine Hand. In diesem Augenblick tauchten die Falter aus den Blüten empor und schlugen ihre Flügel auf. Die Sonnenstrahlen ließen ihre spiegelartigen Flecken tausenfach aufleuchten und erzeugten eine glänzende Farbenpracht, wie sie in einem ganzen Bergwerk von Diamanten nicht schöner hätte entstehen können.
Geblendet riß der Riese den Strauß an sich und tauchte sein Gesicht tief in die Blütenpracht des Hollerstraußes. Da schlugen die solchermaßen aufgestörten Schmetterlinge Tanngries eine mächtige und betörende Duftwolke unter die geblähten Nasenflügel. Die kleinen, sternförmigen Blütchen kitzelten ihn an seinen Barthaaren, sodaß Tanngries heftig niesen mußte.
Durch den explosionsartigen Luftstoß wurden die zierlichen Holunderblüten in alle Himmelsrichtungen der Welt zerstreut. Sie tanzten weit ins Tal hinaus und überall, wo sie hinfielen, sollten später einmal Holundersträucher wachsen.
Der Riese holte noch einmal tief Luft, aber ehe er ein zweites Mal niesen konnte, wankte sein riesiger Körper. Er fiel vornüber und versank in Schlaf. Der betäubende Duft der Hollerblüten wirkte so stark, daß der wilde Räuber nie mehr erwachte. Einst als griesgrämiger Finsterling gefürchtet, träumte er nun, glücklich lächelnd und laut schnarchend, von fliegenden Edelsteinen und Diamanten.
Der junge Bauernbursche aber schleppte die Schätze ins Tal und verteilte sie gerecht unter den armen Bewohnern. Man pries ihn ob seiner Tapferkeit. Aber bescheiden winkte er ab und erzählte jedermann, der es hören wollte, daß die Natur selbst ihm zum rettenden Einfall verholfen hatte. Die Talbewohner nannten seit dieser Zeit den Gebirgsbach, der aus der Nähe der Behausung des Riesen herabkam „Hollersbach“. Denn viele der Blüten des Straußes waren durch das Niesen in das kleine Bächlein geblasen worden. Dessen Wellen hatte sie bis zum Dörflein geschwemmt. Alsbald wuchsen dort in der Gegend und überall zwischen den Häusern und an den Ufern des Baches Holunderbäume. Auch das Dörfchen erhielt nun den Namen „Hollersbach“.
Seit dieser Zeit pflanzen die Menschen in den Gärten Holunderbüsche im Glauben, dadurch böse Geister und Gestalten abhalten zu können. Und es blieb auch im Volk die Meinung, daß jeder, der unter einem Hollerbusch einschläft, nie mehr aufwachen wird.

Der Holunder

Früher, als es noch nicht so viele Apotheken gab wie heute, nannte man den Holunder die „Apotheke des Einödbauern". Tatsächlich benützte man in der Volksheilkunde nahezu alles, was der „Holler" zu bieten hat: Blüten, Mark, Blätter und Fruchtbeeren.
Die süßlich-schwere Duftwolke der Holunderblüten macht den Betrachter benommen, sodaß wegen der betäubenden Wirkung früher Hollerbüsche auf den Bauernhöfen nie unter Schlafzimmerfenster gepflanzt wurden.
Wer kennt nicht den Kinderreim „... sitz'ma unterm Hollerbusch, mach'ma alle husch, husch, husch!".
Ein altes Sprichwort sagt, vor einem Holunderstrauch müsse man den Hut ziehen. Er verdient es in der Tat, denn nicht nur die vielfältigen Verwendungsmöglichkeiten der Beeren für Marmeladen, Mehlspeisen, Säfte usw., der Blüten für die Zubereitung schmackhafter „Hollerküchel", sondern auch die arzneilich wertvollen Inhaltsstoffe in nahezu allen seinen Teilen machen den Holunder zu einer wahren Schatzkammer.
Im Schatten des Hollers riecht es schon nach Hochsommer und für die Bauern ist er ein wichtiger Wetterprophet: „Blüht der Holler schön und gleich, wird die Ernte reich."
Über die Verwendung der Rinde steht in alten Büchern geschrieben: „Schabt der Bauer die Rinde aufwärts, so hilfts zum Brechen, schabt er sie abwärts, so dients zum Abführen."
Der „Fliedertee" hat fiebersenkende und schweißtreibende Wirkung und lindert chronische Entzündungen der Atemwege.
Die Griechen, die Römer und die Germanen wußten jedenfalls ob der heilenden Wirkung des Holunders, viel wesentlicher war aber auch die Vorstellung, daß im Strauch die guten Geister wohnten. Schon allein deshalb war es Sitte, den Holunder in der Nähe des Hauses zu pflanzen.
Und dort, wo der Fortschritt noch nicht alles überdeckt hat, wird auch heute noch der Baum der Frau Holle in Gärten kultiviert.

Der Greisenbart

Waldrebenmärchen

Auf Schloß Mittersill lebte einst ein reicher und angesehener Pfleger. Der hatte ein einziges Kind, eine Tochter. Sie war sehr stolz auf ihre Schönheit und daher eitel und selbstsüchtig. Denn niemand sollte sie an Schönheit übertreffen. Mehrere Stunden des Tages verbrachte sie vor dem Spiegel und kämmte sich und war damit beschäftigt, sich herauszuputzen. Sie wechselte des öftern am Tag die Kleider, die aus den erlesensten Stoffen gefertigt waren, und sonnte sich in der Bewunderung der Schmeichler, die sie auf Schritt und Tritt umgaben.
Als für sie die Zeit herannahte zu heiraten, jagte sie schließlich und endlich einen Freier nach dem anderen unter Gelächter und Spott der Mitbewerber aus dem Schloß, denn keiner war ihr gut genug.
Da rief sie eines Tages ihr Vater zu sich. Er war zornig über ihr dummes Gehabe und war ihres hochmütigen Treibens überdrüssig. Wütend sagte er: „Ich will mich nicht mehr länger durch deinen Stolz und deine Eitelkeit bei den Leuten um mein Ansehen bringen lassen, noch heute schicke ich Boten aus und gebe aller Welt bekannt, daß der Mann, der als häßlichster, ältester und schmutzigster Bewerber meinen Hof betritt, dein Freier werden soll. Nur eine Bedingung muß er erfüllen, die dir verbürgt, daß du schließlich doch einen kräftigen und geschmeidigen Gemahl bekommst. Er muß eine schwierige Aufgabe lösen, und kann er dies, so soll er gut genug für dich sein."
Die Kunde vom Willen des Pflegers drang überall hin und wurde auch von einem Junker in einem kleinen und abgelegenen Waldschloß jenseits der Tauern vernommen. Der verarmte Edelmann machte sich mit seinem einzigen und treuen Pferd guten Mutes auf den Weg, in der Hoffnung, auf der Reise genügend Zeit zu haben, darüber nachzudenken, wie er die Bedingungen erfüllen könnte.
Nach mehreren Tagesritten erreichte er am letzten Abend eine freundliche Waldlichtung und beschloß, dort zu nächtigen, um am nächsten Tag für den Besuch des Schlosses gerüstet zu sein. Da es schon kühl war, begann er, aus dem umstehenden Strauchwerk Holz herbeizuschaffen und mit den Ästen ein Feuer zu machen. Als die Flammen schon hoch loderten, nahm er noch einen Haselnußzweig, um ihn in die Glut zu werfen.
„Nein, nein!" rief es da, „halt ein, ich verbrenne!" Der Junker zog den Haselast zurück aus dem Feuer, und plötzlich stand zu seiner Verwunderung eine schwarzbefellte und gehörnte Gestalt vor ihm. Es war ein Ziegenmann!
Diese seltsamen Wesen bewohnen und beseelen die Natur und offenbaren sich nur selten den Verständigen, die wissen, daß es mehr gibt zwischen Himmel und Erde, als der Mensch sich träumen läßt, und

die offene Augen und Ohren haben für die geheimen Wirkkräfte der Natur. Die Ziegenmänner leben gerne in der Nähe von Bergseen und schleichen manchmal Einzelgängern nach, besonders wenn sie noch in der Dämmerung oder nächtens unterwegs sind. Sie verstecken sich, um unbeobachtet feststellen zu können, welche Art von Mensch sich denn hier noch herumtreibt.
Diesmal hatte sich der Ziegenmann im Haselzweig verborgen und wäre beinahe ins Feuer geraten. Sein bereits angesengtes Fell reibend, setzte sich der seltsame Geselle zum Junker ans Feuer. Dieser zeigte sich unerschrocken, und nachdem eine Unterhaltung nicht so recht in Gang kommen wollte, begann er, mit verkohlten Resten aus dem Feuer Hände, Wangen und alle sichtbaren Körperteile einzureiben und zu rußen.
Erstaunt fragte da der Ziegenmann: „Was machst du da?"
„Ich schwärze mich mit Asche, um wie ein schmutziger Kerl auszuschauen."
Und als dann der Junker auch noch begann, seine Kleider zu zerreißen, Moos und Farnbüschel, die er gesammelt hatte, sich in seine Haare zu flechten, war das Erstaunen des Ziegenmannes noch größer.
„Wozu soll denn das gut sein?" fragte der Ziegenmann und kratzte sich am Fell, wo es ihn gerade juckte.
Da erzählte der Junker: „Morgen erhält der häßlichste, älteste und schmutzigste Mann die Hand der reichen Tochter des Pflegers, vorausgesetzt, er erfüllt noch eine weitere Bedingung, die aber noch niemand kennt. Hätte ich ein Aussehen wie du, hätte ich, wer weiß, vielleicht Aussichten. Dein schwarzer Bart und dein langes, graues, zottiges Fell wären gerade recht."
„Kann schon sein, kann schon sein", lachte da der Ziegenmann. „Aber glaubst du, ich möchte das Wagnis einer solchen Hochzeit eingehen?" Und er meckerte noch lauter, daß das Echo seines Lachens weitum im Wald zu hören war. „Doch geh nur hin und versuche dein Glück", sagte er zum Junker, „ich kenne die Forderung, die noch zu erfüllen ist. Sieh zu, vielleicht gewinnst du die junge Frau. Jeder Bewerber, der die Bedingung des häßlichen Aussehens erfüllt, muß zuletzt im hinteren Felbertal den Schleierfall, der über eine Steilwand in eine enge, schluchtartige Rinne stürzt, überwinden und in den darüberliegenden Sternwänden eine Gemse fangen. Diese soll nämlich die Hochzeitskutsche ziehen. Das Wasser des Wildbaches wird jedem Betrüger seine Verkleidung abspülen, ein wirklich übel aussehender, schwächlicher, alter Mann wird aber die Kraft nicht mehr aufbringen, die Sternwände zu erreichen. Der Pfleger hat sich das nicht schlecht ausgedacht."
„Ja, da kann ich die Hand der Tochter nie erringen", seufzte da der traurige Junker.
Der Ziegenmann tröstete ihn, nahm ihn bei der Hand und führte ihn

in eine kleine Schlucht, wo es feucht und modrig roch. Alte Baumstämme lagen wild durcheinander, ihre Wurzelstöcke nahmen sich wie riesige Krallen aus, die starr in die Luft griffen. Doch herrschte an diesem gespenstischen Ort eine eigenartige Frische.

„Schau, da drüben die Waldrebe, die sich wie ein Wasserfall über Felsen und Sträucher ergießt. Sie ist ein wahrer Jungbrunnen der Natur. Man muß es nur recht anstellen mit ihr. Gehst du im Spätherbst unter ihren Kaskaden durch, und die schmale Sichel des abnehmenden Mondes beleuchtet deinen Rücken, dann alterst du frühzeitig. Kommst du aber im Frühling, und scheint dir das fast volle Licht des Mondes ins Gesicht, kehrt dir die Jugend zurück."

Als der Ziegenmann dieses Geheimnis verraten hatte, war er verschwunden.

Der Junker zwängte sich in das sich windende und kletternde Dickicht der Waldrebe hinein, und sofort legten sich die dünnen, federbuschigen Härchen der Früchte über ihn und verwandelten sein blond gelocktes Haar in eine schlohweiße, struppige Mähne. Sein Gesicht wurde alt, von vielen Runzeln durchzogen und hatte plötzlich ein ledriges Aussehen. Und als der Junker an den Zweigen heftig riß, um aus dem Dickicht wieder herauszukommen, da tropfte der giftige Saft der Rebe in kleinen Perlen auf seine ungeschützte Haut. Sogleich entstanden unansehnliche, große und rote Flecken, und unzählige Blasen verunstalteten seine Arme, die Beine und das Gesicht.

Anderntags machte sich der Edelmann zum Schloß auf. Als ihn die Schildwache einließ, war der Schloßhof bereits voll mit armseligen Menschen, gebückten, schmutzigen Männern und sonst allerlei zerlumpten und zwielichtigen Gestalten. Von allen Ecken und Enden der Erde waren sie gekommen. Bettler, Räuber, Diebe und Taugenichtse, um die Hand der schönen Pflegerstochter zu gewinnen und mit ihr ein angenehmes Leben beginnen zu können.

Um die Mittagsstunde trat dann der Pfleger in den Hof, schaute von der Freitreppe auf die Menge der Bewerber und rief:

„Es fällt mir nicht leicht, einen von euch auszuwählen und eine Entscheidung zu treffen, aber", und er wies in die Richtung des Junkers und zweier Bettler in seiner Nähe, "euch da drüben will ich nehmen. Mir scheint, ihr habt den ersten Teil der Bewerbung erfüllt. Ihr bietet wahrlich einen häßlichen und zerlumpten Anblick. Nun hört noch die zweite Bedingung: Wollt ihr meine Tochter freien, dann soll die Hochzeitskutsche nicht von einem prächtigen Pferdegespann gezogen werden, sondern von einer schwarzen Gemse. Die einzigen, die für ein solches Unterfangen in Frage kommen, haben ihr Revier in den Sternenwänden im hinteren Felbertal. Dorthin könnt ihr nur gelangen, wenn ihr den berüchtigten Schleierfall überlistet."

Das ließen sich die zwei Bettler und der Junker nicht zweimal sagen. Sie machten sich sofort auf den Weg. Beim Wasserfall angekommen,

wollte jeder der erste sein. ‚Ich habe Zeit', dachte der Junker und ließ den anderen den Vortritt.
Dem ersten rissen die Sturzbäche des Wasserfalls sofort seine Verkleidung vom Leib und wuschen ihm die falsche Farbe aus dem Gesicht. Ein junger kräftiger Mann kam zum Vorschein, und der inzwischen langsam nachgekommene Pfleger schickte ihn lachend nach Hause. Der zweite Bewerber konnte zwar die Felsrinne mit dem rauschenden Wildbach durchqueren, sank aber dann erschöpft nieder und gab auf. Nun war die Reihe am Junker. Er erklomm mühelos das steile Schrofengelände der Freiwand, gelangte hinter den Wasserfall und fand einen Weg hinauf in die Sternenwand. Dort sichtete er alsbald eine prächtige Gemse, die er dazu ausersah, die Hochzeitskutsche zu ziehen. Er hatte einige Mühe, sie einzufangen, aber schließlich gelang es ihm, sie zu überlisten.
Der neugierig wartenden Menge in Mittersill bot sich ein eigenartiges Bild, als ein alter Mann mit schlohweißen Haaren, die schwarze, widerstrebende Gemse hinter sich herziehend, im Schloßhof von Mittersill Einzug hielt.
Die Tochter des Pflegers stand am Fenster und war zu Tode erschrocken, als sie den alten Mann kommen sah, dessen Gesicht immer noch vom Saft der Waldrebe verätzt war. Sie hob zu jammern und zu weinen an, als für sie feststand, daß ihr Vater die Wahl getroffen hatte und kein Ausweg mehr möglich schien.
Der Pfleger rüstete nun zum Brautmahl, zu dem viele Gäste geladen waren, und vermählte vor versammelter Gesellschaft seine Tochter mit dem alten Mann.
Als die schaulustige Menge sich verlaufen hatte und die Hochzeitsfeierlichkeiten vorbei waren, spannte der Junker die Gemse vor einen Wagen und fuhr mit seiner jungen Gemahlin davon. Diese bereute insgeheim bitter ihren früheren Hochmut. „Denn", sagte sie sich, „hätte ich früher nicht jede Wahl gehabt? Ich hätte mir einen jungen, den schönsten und reichsten Mann aussuchen können. Stattdessen muß ich jetzt mit diesem alten Mann vorlieb nehmen, der zwar stark und liebevoll ist, aber seine Häßlichkeit werde ich nicht ertragen können."
Der Winter zog ins Land, und in den dunklen, düsteren Monaten, während derer das Paar viel Zeit hatte, sich aneinander zu gewöhnen, fand sich die einst stolze Tochter des Pflegers in ihr Schicksal, und sie fing an, ihren Mann lieb zu gewinnen.
Der Frühling kam, da trat eines Morgens der Junker vor seine Frau und sagte: „Ich muß für kurze Zeit verreisen. Laß es dich nicht verdrießen, ich werde bald zurücksein."
Er holte die schwarze Gemse aus den Stallungen und spannte den alten Hochzeitswagen an. Wie von selbst fand das starke Tier den Weg zurück zu jener Stelle, an der der Junker dem Ziegenmann begegnet war. Sofort erkannte er ohne Schwierigkeiten die Schlucht, die ihm

damals der Ziegenmann gewiesen hatte, und in umgekehrter Richtung drang er nun durch das grünende und mit duftenden Blüten besetzte Dickicht der Waldrebe. Die zierlichen Sternblüten der Kletterpflanze umrankten ihn und verwandelten sein weißes Haar wieder in blonde Locken und gaben ihm sein früheres Aussehen zurück.
Als jugendliche Erscheinung verließ er, als es dem Morgen zuging, die geheimnisvolle Waldschlucht. Die schwarze Gemse aber war verschwunden. Statt ihr graste ein weißes, kräftiges Pferd auf der Lichtung. Dieses bestieg der glückliche Junker und kehrte eilends heim zu seiner Frau. Sie hätte ihn beinahe nicht erkannt, aber als er die Geschichte erzählt hatte, weinte sie vor Glück, und beide lagen sich lange in den Armen. Sie beschlossen, nach Mittersill zurückzukehren, um dem alten Pfleger ihr Glück mitzuteilen. Dieser ließ die Kunde vom glücklichen Ausgang der Hochzeit seiner Tochter in alle Lande verbreiten. Die schwarze Gemse aber wurde ins Wappen von Mittersill aufgenommen.
Weil jedoch der giftige Saft des Stengels die Haut des Brautwerbers gerötet und die Waldrebe ihm jenes armselige Aussehen verliehen hatten, das im rechten Moment zum Grundstein des Glücks wurde, erhielt die seltene Kletterpflanze den Namen ‚Greisenbart'.
Die Kunde von diesem Ereignis gelangte bis in den Orient, wo die Pflanze, benützt von Gaunern und Halunken, auch die Bezeichnung ‚Bettler- oder Schurkenkraut' auf sich nehmen mußte.

Die Waldrebe

Die weiße Waldrebe ist eine kräftige, holzige Kletterpflanze, eine echte Liane, wie man sie sonst nur in tropischen Urwäldern findet.
Ihre Blüten muten bescheiden an und sehen wie verpuffende Wölkchen aus. Ein leichter Duft, der an Weißdorn erinnert, lockt die Insekten zur Befruchtung. Sie überzieht die anderen Sträucher der Hecken mit ihrem grünen Kleid und erweckt sogar alte, morsche Baumruinen zu neuem Leben.
Ausdauernd erklimmt sie die Kronen der Gehölze, um von oben ihre Blütenfülle in Kaskaden herabzugießen.
Die Blütenstände verwandeln sich zu fedrigen, wolligen Büscheln, deretwegen im Volk die Bezeichnung „Greisenbart" auftauchte.
In der mittelalterlichen Heilkunde wurde die Waldrebe bei allen Hautentzündungen verwendet, die Indianer behandelten ebenfalls Ekzeme und Geschwüre mit Aufgüssen der Pflanze.
Aus dem Orient stammend, hat die Waldrebe auch in der astrologischen Kräuterkunde einen hohen Stellenwert und besitzt mit ihrer linksdrehenden Kletterkraft einen mythischen Mondaspekt.
„Jungbrunnen der Natur" ist ein nicht seltener Kosename der Waldrebe, die das oft schon graue Geäst und Gezweig der Hecke fröhlich verwandelt.

Der Eiszwerg und die Schneemädchen

Faulbaummärchen

Am Eingang zum waldreichen Stubachtal stand einst abseits von allen anderen Gehölzen ein unansehnlicher, dornenloser, alltagsgrauer Strauch. Er wurde gemieden, auch die Tiere hielten sich fern. Weder Insekten noch Vögel summten oder zwitscherten in seinen Zweigen. Wollten sich Hasen, Rehe oder Füchse nähern, kehrten sie rasch wieder um, denn der ungute Geruch des Strauches lag wie ein Bannkreis um ihn.

„Ich bin so wie ich bin", sagte er, um sein Selbstbewußtsein zu stärken. „Ich brauche kein Mitleid, diese Anbiederungsversuche sind mir zuwider, schon gar von Gewächsen, wie sie im Wald und Flur zu Dutzenden zu finden sind. Sie prangen in Blüten und sind doch nur putzsüchtig. Sie zeigen ihre Früchte in aufdringlichem Rot. Ich durchschaue ihren Hochmut. Die anlehnungsbedürftige Waldrebe soll mir nur weit vom Leibe bleiben. Ihre weibischen, weißen Blütenschleier könnte ich nicht ertragen.

Im Frühling, im Sommer, im Herbst herrscht Eitelkeit im Heckenreich. Da lob ich mir den Winter. Der räumt auf mit Blütengetue und Fruchtbarkeitszauber. Er ist mir die liebste Jahreszeit. Fort ist die lästige Kinderschar der Blumen, und die Gehölze sind entlarvt. Rutenbündel und Baumgerippe, wohin man schaut! Der Winter ist die Jahreszeit der Ehrlichkeit. Da kann niemand niemandem etwas vormachen oder vorwerfen. Endlich muß ich nicht mehr hören ‚Stinkbaum – Faulbaum!' Ich liebe den Winter, ich freue mich auf ihn. Der macht alles gleich. Die Schneeflocken sind nicht wählerisch. Sie setzen sich gleichermaßen auf alle Zweige. Aber selbst von ihnen versuche ich mich freizuhalten. Meine Zweige sind so glattrindig, daß alles abrutscht. Auf die Kuschelwärme von Schneehauben verzichte ich gerne, sie werden mit der Zeit auch zur Last. Sich freihalten ist meine Devise. Und wie man sieht, hat sich der Grundsatz bezahlt gemacht. Hatte ich doch letzten Winter Besuch, das war ein Fest! Man stelle sich vor, ausgerechnet zu mir kamen die kleinen Winterfeen, die Schneemädchen, in den frostklirrenden Nächten. Sie hoben ihre Silberkleidchen und rutschten auf meinen glatten Faulbaumrinden auf und ab. Das waren vergnügliche Schlittenpartien. Reizende Geschöpfe, die da aus den Bergen herunterkamen. Bei ihrem Geplauder ist mir direkt warm ums Herz geworden. Sie wollten im nächsten Winter wiederkommen. Das haben sie fest versprochen."

Der Mißmut des Faulbaumes war das Jahr über nicht mehr so groß gewesen wie sonst, denn diesmal erwartete er den Winter noch in ganz anderer Weise als die anderen Male. Sein Grant war gemildert und der heimliche Neid, der an ihm zehrte, sänftigte sich.

„Ich werde alt", sagte der Faulbaum im Herbst. „Wie bin ich tolerant geworden, die roten Hagebutten mit ihren Krönchen stören mich gar nicht mehr. Sie werden der eitlen Heckenrose ohnehin weggefressen. Sogar die Eitelkeit ist zu etwas gut, sie bringt hervor, was anderen als Futter dient. Überlassen wir die Welt sich selbst. Ich will mich jetzt ganz der Betrachtung des Winters widmen. Die Sehnsucht nach den Schneemädchen belebt mich, sie werden doch hoffentlich bald kommen."

Die Spätherbsttage gingen hin, der Winter zog ins Land, es fror Stein und Bein. Alsbald setzte ein Flockenwirbel ein und das Land versank unter einer tiefen Schneedecke. Der Faulbaum hatte seine Ruten so gut es ging in den Wind gehalten, die Rinde war glatt wie immer und so hoffte er, daß die Schlitten- und Rutschpartien der Schneemädchen bald einmal beginnen könnten. Eines Nachts tanzte tatsächlich der Reigen an. Das war ein Wiedersehen! Der Faulbaum kannte sich selbst nicht wieder.

Fast hätte ihn Rührung übermannt. Er hatte seine helle Freude an der Begeisterung und Lebenslust der kleinen Eisfeen. Früher hätte er so ein Treiben als üble Vergnügungssucht abgetan. Aber davon konnte keine Rede sein. Sollte einer dabei was finden, reizende Spiele waren das, diesen allerliebsten Eismädchen wohl zu gönnen, die doch dreiviertel des Jahres hoch oben im Gebirge im Palast des Eiszwerges eingesperrt waren. Man mußte wirklich darauf acht haben, daß sie jetzt auf ihre Rechnung kamen. Die wohlwollende Fürsorge des Faulbaumes nahm täglich zu.

Eines Nachts aber, im Spätwinter ging nicht mehr alles so glatt. Die Schneemädchen mußten feststellen, daß ihre Rutschbahnen rauh geworden waren. Winzige Eistropfen hatten die Bahnen verlegt. Sie lachten und machten sich ans Putzen und Glätten. Da erkannten sie, die Arbeit war umsonst, denn unaufhörlich quoll und sickerte es aus der Rinde des Faulbaumes. Bestürzt bemerkten sie, daß er weinte. Für diese Nacht verzichteten sie auf ihr Vergnügen, sie hätten ohnehin schon genug, ließen sie wissen, die Zeit des Abschieds nähere sich in Riesenschritten, und vielleicht wäre es gut, sich über einen eventuellen Kummer auszusprechen.

„Ja eben", sagte da der Faulbaum. „Die Zeit geht zu Ende. Wie habe ich mich bemüht, meinen Schmerz zu verbergen, aber ich darf ja gar nicht daran denken, wie verlassen ich sein werde. Erst seit ich euch kenne, weiß ich, wie einsam ich das Jahr über bin."

Da wunderten sich die Eismädchen und fingen an, den Frühling zu preisen, denn das wäre erst ein Leben. „Wir hätten eigentlich Grund zur Traurigkeit und sicher auch zur Eifersucht", fügte eines der Mädchen hinzu.

„Oh nein, ihr täuscht euch, ich bin ein bemitleidenswerter Außenseiter", sagte der Faulbaum.

Bestürztes Schweigen folgte. Dem Strauch wurde bewußt, daß er zum ersten Mal selbst ausgesprochen hatte, was sonst die anderen über ihn sagten.

„Wißt ihr, ich dachte immer, ich sei der wahre Philosoph, nicht eitel wie sonst alle Welt, dem Schein abhold, mit wenig zufrieden. Ihr habt ja keine Vorstellung, wie es bei der Erschaffung der Welt zuging. Diese Vielfalt der Wünsche, immer noch ausgefallenere Eigenschaften beanspruchte das Geschaffene. Allein die Blätter, diese Farbwünsche, dieser Anspruch auf Formen, ganz zu schweigen von gezackten, gezahnten, gesägten, gewellten Rändern. Die Gier nach Rippen, Adern und Haaren, ja ganze Pelzchen wurden gefordert. Bei den Rinden könnten wir fortsetzen. Unübersehbar die Oberflächenwünsche. Von Blüten und Blumen oder Früchten fangen wir gar nicht an zu reden. Ich war einfach angewidert."

„Ja, hast du dir denn gar nichts gewünscht?" fragte eine der kleinen Eisfeen.

„Nichts", sagte der Faulbaum. „Hätte ich mich in die eitle Menge drängen sollen, mich dem unleidlichen Handeln und Feilschen aussetzen sollen? ‚Verzichte', sagte ich, ‚das ist das einzig mögliche.' Ich wurzelte abseits und schaute zu. Es erfaßte mich auch eine ungeheure Wut, daß niemand, auch gar niemand sonst so weise war wie ich und erkennen wollte, daß in dem blinden Treiben nur das Zufallsprinzip herrschte. Hätten sich alle so zurückgehalten wie ich, wäre eine gerechte, überschaubare Zuteilung möglich gewesen. Am meisten mußte ich mich über den Schöpfer selbst ärgern. Er lachte noch zu allem und war der Meinung, seine verschwenderische Fülle sei größer als alle Wünsche dieser Welt. ‚Na', dachte ich mir, ‚dann warte ich erst recht und werde mir am Ende das herausnehmen, womit ich dann alle noch übertreffen kann.' Beruhigt bin ich dann eingeschlafen. ‚Faulbaum' neckte man mich deshalb."

„Hast du da nicht einen wichtigen Augenblick verschlafen?" fragte ein zweites Schneemädchen und wippte entsetzt auf dem Zweig. „Den rechten Augenblick zu erkennen ist so wichtig wie den richtigen Wunsch zu finden."

„Ja, den rechten Augenblick habe ich wohl verschlafen", bekannte der Faulbaum. „Der Schöpfer weckte mich persönlich, sagte, die Verteilung sei vorüber, das Füllhorn aber noch offen, ich solle mich beeilen. Meine Enttäuschung war grenzenlos. Keine Dornen mehr da, langweiliges Grünweiß für die Blütenfarbe, als Früchte düstere schwarze Kugeln und erst die Düfte, nicht einmal gewöhnliche Gerüche; nein, Gestank nur. Am liebsten hätte ich das Füllhorn zertrampelt."

In der Erinnerung daran begann der Faulbaum neuerlich zu weinen. Diesmal nicht mehr aus Zorn, sondern aus Reue. Das Interesse der Schneemädchen tat ihm so wohl, daß er zu größter Ehrlichkeit bereit war. Die kleinen Eisfeen streichelten seine keimenden Knospen und

versprachen, darüber nachzudenken, wie ihm zu helfen sei. Für diesen Winter müßten sie sich ohnehin verabschieden.
Sie kehrten zurück in ihr geheimnisvolles Winterreich und beschlossen, die Angelegenheit ihrem herrscherlichen Vater, dem großen Eiszwerg, vorzutragen. Sie rafften ihre federleichten Flockengewänder, formierten sich zu ihrem schönsten Tanz und erschienen im kristallenen Kronsaal, hoch oben im Gletscherreich. Der Eiszwerg saß auf einer Bergkristallkugel, einen dicht mit Zapfen besetzten Mantel aus Zirbenzweigen um die Schultern und eine herrliche Eisnadelkrone auf dem Haupt. An seinen großen Ohren hingen zwei Glöcklein, deren Klingeln die Jahreszeiten einläutete.
Er war der Herr der Berge, der Schutzherr der wilden, freien Regionen, doch reichte seine Macht auch noch über die Alm- und Weideregionen. Schüttelte er seine langen Barthaare, fuhren die Winde aus und tobten als wilde Stürme über die Gebirgskämme.
Milde hörte der Herrscher die Fürbitten seiner Schneemädchen für den Faulbaum an und versprach zu helfen. In einer eisigen Frühjahrsnacht, eingehüllt in Nebelschleier und Hangwolken, zog er ins Tal hinaus bis zum Faulbaum und legte ihm grüne Raupen ins Gezweig. Als der Faulbaum anderntags durch ein lästiges Kitzeln und Krabbeln erwachte, kannte sein Entsetzen keine Grenzen. Er, der nie Gäste duldete, war von Ungeziefer befallen.
„Jetzt werde ich auch noch von Raupen kahlgefressen. Ich verarme ganz, sie wollen mich zum Bettler machen. Wenn das die Schneemädchen wüßten!“ schrie er.
Doch die Raupen kümmerten sich nicht um ihn. Sie waren satt und zufrieden, wurden größer und spannen sich ein, ohne viel nachzudenken. Als der Faulbaum einige Zeit später seine restlichen Knospen springen ließ und seine vielen Blattaugen aufschlug, war er überwältigt von der Schönheit in seinen Zweigen. Hunderte von Zitronenfaltern saßen da und leuchteten in der Sonne, wie ein ganzes Narzissenfeld nicht schöner hätte leuchten können. Mit diesem Glanz stellte er alle anderen Sträucher und Bäume für einige Zeit in den Schatten.
Die Schmetterlinge blieben dem glücklichen und stolzen Faulbaum als Futterpflanze treu. Sie verließen ihn auch im Winter nicht. Während die anderen Heckenverwandten, alleingelassen vom Distelfalter, Admiral oder Schwalbenschwanz, einsam waren, versteckten sich die Zitronenfalter im dürren Bodenlaub.
Das mußte er den Schneemädchen berichten. Aus Fürsorge für seine Falter vergaß er gänzlich, über die Eitelkeiten der Welt zu philosophieren. Er freute sich seines Lebens. Er war nie wieder traurig über den Abschied der Schneemädchen am Winterende, denn wenn der königliche Eiszwerg mit seinen Glöckchen läutete und seine Winterfeen in den Kristallpalast heimrief, da umflatterten die gelben Falter bereits wieder ihren Faulbaum, weithin sichtbar als die ersten Frühlingsboten.

Der Faulbaum

War es der faulige Geruch der frischen Rinde oder war es die Erfahrung, daß diese Rinde Übelkeit und Brechreiz auslöst, warum man erst Mitte des 16. Jahrhunderts dazu kam, die Faulbaumrinde als Arzneimittel anzuwenden?
Aus dem Holz des Faulbaumes stellte man früher eine aschearme, feinpulvrige Holzkohle her, die man Schwarzpulvergemisch beimengte. Daher ist in manchen Gebieten auch der Name „Pulverholz" gebräuchlich.
Einst bekamen übergewichtige Säuglinge, wenn sie zu lange in den eingenäßten Windeln liegen blieben, häufig Entzündungen zwischen den Hinterbacken und den Oberschenkeln. Die Hebamme lehrte deshalb die Mütter, die Kinder mit „Hexenmehl", (Sporen des Kolbenbärlapp) einzustäuben. War man allerdings nachlässig, entwickelten sich Ekzeme. Im Böhmerwald wurde noch um die Jahrhundertwende die Faulbaumrinde in Butter gekocht und als Wundsalbe für eitrige Hautstellen der Kleinkinder verwendet.
Obwohl der Faulbaum zu den Kreuzdorngewächsen gehört, hat er keine Dornen. Daraus ergab sich im Volksmund die Bezeichnung „Unbewehrter Kreuzdorn". Die unscheinbaren Blüten sind gelblich-grün; die beerenartigen Steinfrüchte, rot und schwarz werdend, verwendet man hie und da noch in der Tiermedizin.
Die abgekochte Rinde des Faulbaums fand auch in der Behandlung der Räude und Krätze bei Hunden Verwendung, sodaß der Pflanze auch der Beiname „Hundsbaum" gegeben wurde.
Rinde und Beeren brauchte man einst auch als Textilfarbe, wobei es auf den Reifezustand und die Behandlung ankam. Man gewann gelbe, grüne, braune und sogar purpurrote Farben. Der Tee ist ein gutes Abführmittel für Kinder. Vor dem Verzehr der Früchte sollte eindringlich gewarnt werden.
Mit Schlehdornblüten gemischt, ergibt sich eine Heilwirkung gegen Darmparasiten.
Der Faulbaum, meist ein groß werdender Strauch, der sich an besonders geeigneten Standorten auch zu einem Baum entwickeln kann, findet sich in Mooren, an Bächen und Waldrändern, vor allem aber in Heckenbändern.

Der alte Rabe

Schneeballmärchen

Den Eingang ins Kaprunertal bewachte vor vielen Jahren die Burg des Grafen Falkenstein. Die mächtige Anlage krönte einen auffallend steilen Hügel, der nach Westen zu schroff zum Talboden abfiel. Ihr höchster Turm ragte über mehrere Befestigungsringe kühn empor und bot einen weiten Blick ins Land und hin über die waldreiche Gegend, in der Räuber und Tiere gleichermaßen ihr Versteck fanden.
Dieser Auslug gefiel nicht nur dem gräflichen Herrn, wenn er seine Blicke über den herrschaftlichen Besitz schweifen ließ, sondern auch einem alten Raben, der wegen seiner Größe und seines struppigen, schwarzen Gefieders jedermann in der Burg wohlbekannt war. Vor allem den Tieren, deren es eine erstaunliche Zahl innerhalb des Burgringes gab, denn der Rabe war bei allen ob seiner Untaten gefürchtet. Und manch einer der Knechte hatte seinen Spaß daran, wie der seltsame Vogel den armen Tieren mitspielte.
Daß Mäuse und Ratten um ihr Leben fürchten mußten, war nicht weiter verwunderlich, wenn sich der alte Rabe mit aufgespreizten Flügeln auf einer Mauerkante niederließ.
Daß aber auch die Wach- und Jagdhunde, selbst die bissigen und grantigen, unter dem Raben zu leiden hatten, war erstaunlich. Dem Lieblingshund des Grafen stahl er die Knochen aus dem Futternapf und legte sie unerreichbar auf die höchsten Mauern. Er genoß es, wenn die Meute mit wildem Gekläff vergeblich an den Wänden in die Höhe sprang.
Die Schloßkatzen, kaum hatten sie sich in sonnigen und windgeschützten Nischen wohlig zu einem Schläfchen niedergetan, schreckte er mit kräftigen Schnabelhieben aus ihrer Ruhe.
Die noblen Singvögel der Gräfin brachte er unweigerlich zum Verstummen, sobald sie sich auf ihren Käfigstangen zu ihren schönsten Gesängen zurechtgesetzt hatten, wenn er in nächster Nähe der offenen Fensterflügel mit überlautem, heiserem Gekrächze zur Konkurrenz antrat.
Besonders arg trieb er es mit den Hausgänsen. Blitzartig zupfte er die eine oder andere in die Schwanzfedern, wann immer sich die schnatternde und mit sich selbst beschäftigte Schar zeigte. Er hatte seine helle Freude daran, wenn sie darüber in aufgeregten Streit gerieten, weil unklar war, ob die Übeltäterin nicht in ihren eigenen Reihen zu suchen sei.
Der Schabernack, den der alte Rabe trieb, glich nicht selten kleinen Kunststücken, wie sie sonst wohl nur ein Zirkusclown vollbringen mochte. Wurde das Reitpferd der Gräfin, ein Apfelschimmel, zum mittäglichen Ausritt vorgeführt, war der Rabe meist schneller im Sattel

als die vornehme Dame. Die Sporen kamen diesmal von oben. Mit mächtigen Schnabelhieben in den Nacken des sich bäumenden Tieres trieb der Rabe die angstvolle Stute zum Burgtor hinaus. Man hatte die größte Mühe, ihrem verzweifelten Galopp Einhalt zu tun und die Pferdeknechte fluchten entsetzlich, denn sie mußten es entgelten, wenn der Rabe wieder einmal Lust gehabt hatte, das schöne Tier zu treiben und zu ängstigen.
„Hick, Hack, Schabernack! Hans, Hans, ja der kann's!" sangen indes die Kinder des Burggesindes und machten einen Auszählreim daraus. Davon war dem Raben der Name „Hans Schabernack" geblieben.
Eines Tages beschloß der Rabe, seinem Leben einen höheren Sinn zu geben, als nur Mensch und Tier auf Burg Falkenstein zu ärgern. Er hob sich hoch in die Lüfte und flog davon. Die Erfüllung seiner unbestimmten Wünsche meinte er nur in ebenso unbestimmten Fernen finden zu können. Neugierig, wie Raben nun einmal sind, sollte ihm nichts auf seiner Reise entgehen und dumpf empfand er auch, daß Hilfsbereitschaft und Freundschaft ihn weiter bringen würden als seine alte Bosheit.
Als er gerade eine der vielen kleinen Waldlichtungen überflog, sah er, wie eine schwere alte Wildsau ein seltsames, lichtvoll schimmerndes Wesen bedrängte. Tiefflugangriffe von seinem Burgleben her gewohnt, ließ er sich im Sturzflug fallen und attackierte das Hinterteil des mächtigen Tieres. Wutschnaubend ließ dieser von seiner Beute und drehte sich im Kreis.
Hick-Hack-Schabernack war schneller. Er hob mit seinem Schnabel das unbekannte und bedrängte arme Wesen empor und setzte es sachte in der Astgabel des nächsten Baumes ab. Das am ganzen Leib zitternde Elfchen gab sich dem erstaunten Raben als Blumenfee zu erkennen.
„Ich danke dir, lieber Rabe", flüsterte die kleine Fee.
„Gern geschehen", antwortete dieser.
Ein Anflug von Stolz und Wohlgefallen über sich selbst hatte ihn erfaßt, und um der kleinen Fee zu imponieren, trippelte er seitwärts den Ast entlang nach außen bis zu seinem äußersten dünnen Ende.
Diese ließ sich aber nicht beeindrucken, doch eingedenk ihrer Rettung vor dem schwergewichtigen Wildschwein gab sie dem Raben drei Wünsche frei, sollte er je in seinem Leben in Verlegenheit kommen und dringend Hilfe benötigen.
„Doch gib acht, daß du nicht leichtfertig wünschst", sagte sie und fort war sie. Ein Lufthauch streifte sanft das Gefieder des Raben, sodaß es sich vorübergehend glättete und er im Augenblick gar nicht mehr so ruppig und struppig aussah. Noch eine Weile saß er zufrieden auf seinem Ast und träumte vor sich hin, welche Verheißungen wohl in den Wünschen, die er offen hatte, liegen könnten. So versonnen hatte ihn noch nie jemand dasitzen sehen.
Da wurde er vom aufgeregten Gezwitscher einer kleiner Schar eben

angekommener Vögel gestört. Im Vogelreich sollte ein neuer König gekürt werden. Gesucht wurden die schönstgefiederten, die besten Flieger und die begabtesten Sänger.
„Hm", sagte sich der Rabe, „weder bin ich der jüngste noch der schönste, „aber", vielsagend schlug er zweimal mit den schwarzen Flügeln, „mit Hilfe meiner kleinen Fee hätte ich Aussichten. Sie hat mir drei Wünsche offen gelassen und König zu werden, das ist wohl der rechte Anlaß, sie zu äußern. Mehr als Gesang und die Flugkünste wird wohl die Schönheit beeindrucken. Ich hätte gerne das schönste Federkleid. Das Elfchen soll es mir beschaffen. Es braucht ja nicht zu wissen, daß ich König werden will. Vielleicht würde es mich auslachen und meinen Wunsch töricht finden."
Er krächzte dreimal laut und erbarmungswürdig und schon erschien die zierliche Blumenfee und erkundigte sich nach des Raben Begehr.
„Seit du mir von der Pracht und Buntheit erzählt hast," sagte listig der Rabe, „kann ich nicht vergessen, daß ich nur schwarze Federn habe. Erfüll' mir doch den ersten Wunsch und bring mir einen Strauß bunter Federn, soviele als Farben im Regenbogen sind. Ich will es dir immer danken, daß du Farben in mein düsteres, melancholisches Leben gebracht hast."
„Bunte Federn werden dazu nicht ausreichen", sagte der Elf, „aber wenn du sie willst, kannst du sie haben." Und er verschwand. Nach geraumer Zeit kehrte er zurück und brachte die schönsten Federn mit. Goldgelbe Flaumfedern von bester Daunenqualität, grün- und türkisschimmerndes Deckgefieder, rote Schwungfedern, Schwanzfedern mit Pfauenaugen, gestreifte Schopffedern, kurzum, der Rabe traute seinen Augen nicht ob der vor ihm ausgebreiteten Pracht.
„Eitelkeit führt nicht weit", flüsterte der kleine Elf. „Ich fürchte, das bunte Gefieder macht dich nur unzufrieden."
‚Du hast ja keine Ahnung', dachte der Rabe bei sich und bedankte sich für die großzügige Erfüllung seines ersten Wunsches. Die Blumenfee verschwand.
Danach machte sich der Rabe ans Werk und alsbald hatte er sich zu einem prächtigen bunten Gesellen gemausert. Er erhob sich in die Lüfte und flog davon. Er brauchte nicht weit zu fliegen, da bemerkte er, daß er nicht allein war. Es herrschte reger Flugverkehr, es flog und flatterte um ihn herum, daß es nur so eine Freude war. Groß und klein flog und fleuchte in eine Richtung und strebte zu einer großen Lichtung inmitten des Waldes.
Hier saßen bereits viele Vögel, da zwitscherte, zirpte und pfiff es in allen Tonlagen. Alles putzte sich um die Wette und plusterte sein Federkleid auf. Der Specht nahm noch schnell ein Bad im lockeren Haufen der Waldameisen, die Fasane zogen ihre langen Schwanzfedern über die Wiese, die Stare reihten sich auf, jede und jeder war auf dringliche Art mit sich selbst beschäftigt. Plötzlich erhoben die

Amseln ein warnendes Gezeter. Die blau- und schwarzbekappten Meisen flogen ängstlich in das dichteste Astwerk. Ein Rauschen erfüllte die Luft, deutlich zu hören in der plötzlich eingetretenen Stille. Die Adler waren eingetroffen, und kurz danach erschienen, noch breiter ausgreifend, die grämlichen Geier.
„Nur Mut", sagte sich der Rabe, „sie sind zu groß und alle haben Angst. Sie können nicht König werden. Meine Statur ist recht und mein Gefieder hebt mich über alle hinaus, vor allem, ich habe ein glänzendes Auftreten." Er hüpfte in die Mitte und wendete sich nach allen Seiten. Der Beifall blieb nicht aus.
„Macht mich zum König", krächzte er.
„Wer ist der unverschämte bunte Vogel?" ließen sich da die Adler vernehmen. Sie richteten sich auf und schlugen drohend mit ihren Schwingen. Der heftige Luftzug brachte die bunte Federpracht durcheinander und unter dem erborgten Gefieder wurde sichtbar, was er war: Nichts anderes als ein einfacher, jedoch betrügerischer Rabe.
Vor aller Augen war er nun als eitler und ruhmsüchtiger Vogel entlarvt und mußte sich unter den höhnischen und schadenfrohen Bemerkungen seiner früheren Neider davonmachen. Alle rupften und zupften noch an ihm und versuchten, eine seiner bunten Federn zu erhaschen.
Übel zugerichtet erreichte Hans-Hick-Hack-Schabernack die kleine Waldlichtung, wo ihn die Blumenfee verlassen hatte.
„Morgen werde ich es ihnen zeigen. Ich werde wirklich etwas leisten, und ich werde der kühnste Flieger werden und mein Ansehen zurückgewinnen, mit Hilfe der Fee natürlich, das versteht sich von selbst. Ich werde meinen zweiten Wunsch tun. Das ist mir meine Ehre wert."
So schimpfte der Rabe vor sich hin und jammerte und bedauerte sich. Er krächzte wiederum dreimal heiser, noch erbarmungswürdiger als das erste Mal. Und sofort erschien die kleine Fee.
Der Rabe sagte: „Es ist mir übel ergangen mit meinen Federn, du hattest recht, gutes Aussehen nützt wenig, es zählen die Fähigkeiten im Leben. Kannst du mich vielleicht zum kühnsten Flieger unter den Vögeln machen?"
„Ja", sagte die Fee und überlegte wieder. „Auch den zweiten Wunsch kann ich dir erfüllen. Ob es jedoch gut ist für dich? Du solltest dir lieber etwas anderes wünschen." Doch der Rabe bestand auf seinem Begehren.
Anderntags kehrte der Rabe in die Vogelversammlung zurück. Dort hatte der Wettbewerb bereits begonnen. Selbst der Spatz, der muntere Winzling, beteiligte sich daran. ‚Der denkt wohl, Frechheit siegt', dachte sich der Rabe. Die Begeisterung der Zuschauer war groß und die Unterhaltung allgemein, als der Spatz wie ein Federball durch die Lüfte sauste.
Allerdings war er bald vergessen, als die Turmfalken antraten, in der Luft stehenblieben, um dann wie ein Stein herabzufallen und im Sturz-

flug zu zeigen, wie geschickt und schnell sie waren, wenn es galt, ein kleines Beutetier zu schlagen.
Das beeindruckte den Raben.
„Ich werde von allen Künsten etwas zeigen. Den Höhenflug der Adler und den Sturzflug des Falken, das Spatzenspiel genauso wie das Steigen der Lerche. Ich werde ins Blau des Himmels verschwinden und dann wie ein Blitz zwischen sie niederfahren."
Zufrieden wartete der Rabe, bis er an die Reihe kam. Tatsächlich befähigte ihn die Zauberkraft der kleinen Fee zu allerlei Kunststücken. Doch in den höchsten Höhen, zu denen er sich aufschwang, verlor er das Augenmaß, sein Sturzflug war ohne Kontrolle. Dieser wäre beinahe zum Absturz geraten, wäre er nicht auf dem Rücken eines Fuchses gelandet, der sich an die Vogelversammlung bedenklich nahe herangeschlichen hatte.
Aber nicht der erschrockene Fuchs war die Beute des Raben, sondern der Rabe um ein Haar die Beute des Fuchses, hätte nicht der Schrecken aller Versammelten das Schlimmste verhindert. Das Gezeter war so groß, daß der Fuchs mit dem Raben auf dem Rücken absauste. Das erschrockene Tier hüpfte und schüttelte sich und Hans Schabernack, sonst ein geübter Reiter auf den gräflichen Pferden, wurde heftig hin- und hergeschüttelt. Nach mehreren Sprüngen schließlich wurde der Rabe vom Fuchs unsanft auf den harten Waldboden abgeworfen. Dort blieb er mit zerrupften Federn liegen.
„Hoho", quietschte der kleine Spatz. „Königliche Hoheit sehen gar nicht fein aus!" Auch die anderen Vögel lachten vor Schadenfreude und der neuerlich blamierte Rabe mußte kleinlaut das Weite suchen.
Als letzter Bewerb stand noch das Konzert aus, in dem der beste Sänger ermittelt werden sollte.
Der Rabe war auf die Elfenwiese zurückgekehrt, seine zweite Niederlage schien ihm noch viel schlimmer als die erste. Und er grübelte, wie sie wieder gutzumachen sei.
Sein neuerliches dreimaliges Gekrächze, diesmal ganz zaghaft, rief zum dritten und letztenmal den Blumenelf auf den Plan. „Ich gebe zu, ich war zu kühn und die Fliegerei ist mir nicht bekommen", klagte der Rabe. „Aber jetzt bescheide ich mich. Ich möchte singen, ich möchte den schönsten Lobpreis anstimmen können und mich meines Lebens freuen", sagte der Rabe laut und dachte bei sich: ‚Wenn ich König werde.'
„Das solltest du nicht wünschen", antwortete der Elf, als hätte er Gedanken lesen können.
Als der Rabe von seinem dritten Wunsch aber nicht abließ, gab die Blumenfee nach. „Nun gut, so geschehe es. Fliege zum Waldbach, suche die weißen Schneekugelsträucher und kaue die Sternenhaarblätter. Sie werden dir eine wunderschöne Stimme verleihen. Aber ich rate dir gut, vergiß nicht, nur einmal zu singen."

Sogleich forschte der Rabe den Strauch mit den gelblich-weißen, kurzglockigen Blüten aus. ‚Wenn mein Gesang so wohltönend wird wie die Blüten hier wohlriechend sind, dann kann ich zufrieden sein', dachte der Rabe und begann, die dunkelgrünen, wollig aussehenden und mit auffallenden Sternenhaaren überzogenen Blätter mit dem Schnabel zu zupfen und zu kauen. Er begab sich zur Ruhe und sah dem kommenden Tag mit neuer Zuversicht entgegen.
In aller Früh erhob er sich, aber da ihm aufgetragen war, nur einmal zu singen, getraute er sich nicht, die erste Probe seiner Stimme zu machen. Er begab sich zum Sammelplatz der Vögel und da er nicht hoffen durfte, daß nach all dem Vorgefallenen an ihn die Aufforderung ergehen würde, sich dem Wettbewerb zu stellen, verschaffte er sich ungefragt Gehör. Lauthals begann er zu singen und welch ein Wunder, es entkam kein heiseres Krächzen seiner sonst immer so kratzigen und rauhen Kehle. Nein, zarte und feine Töne schwangen sich in einem Melodienreigen hinaus in den herrlichen Morgen. Die Nachtigall begann zu lauschen und auch die Wacholderdrossel verstummte. Voll Stolz wippte der Rabe auf seinem Singast und wollte nimmer enden. Immer wieder holte er Luft für einen nächsten Gesang.
Zur selben Zeit durchstreifte ein Vogelfänger den Wald und wurde durch die seltsamen und bezaubernden Töne angelockt. Die anderen Vögel, alarmiert durch die Warnrufe des Sperbers, erkannten die Gefahr und brachten sich rechtzeitig unter den Laubdächern ringsum in Sicherheit. Hans Schabernack aber, geblendet von seinem Gesang, wurde vom Vogelfänger gefaßt und in einen goldenen Käfig gesperrt. Nach langer Wanderung, auf der der Rabe nie mehr seine Stimme erhoben hatte, kam der Vogelfänger zur Burg Falkenstein. Den inzwischen unnützen Vogel verkaufte er der Gräfin. Er pries den wunderlichen Gesang des Vogels, den er allerdings nur einmal gehört hatte. Die Gräfin ließ sich bereden und erwarb den alten Raben.
Als er aber stumm blieb, gedachte sie ihn nicht weiter durchzufüttern. Eines Tages öffnete sie die Käfigtüre und scheuchte ihn durchs Fenster hinaus. Man sah ihn nun wieder um die Türme der Burg herumflattern und auf den Mauerkanten des Wehrganges sitzen.
Die Kinder erkannten ihn wieder und sangen von neuem ihren Auszählreim. „Ja, ja, der Hans der kann's. Hick-Hack-Schabernack." Schabernack wollte Hans der Rabe aber nun keinen mehr treiben, er hatte seine Lehre abbekommen.
Etwas war ihm von seinen Wünschen, die ihm die Elfenfee erfüllt hatte, geblieben: Sein Gefieder war noch schwärzer und glänzender geworden, seine Flugkünste waren erstaunlich, wenn er zwischen den Zinnen der Burg durchflog und über dem Hof seine Kreise zog. Sein Krächzen war nicht mehr ganz so rauh und unterschied sich deutlich vom Krächzen anderer Raben.
Man erzählte sich, in seinem hohen Alter habe er sprechen gelernt

und einem alten Knecht aus dem Gesinde des Grafen habe er das Geheimnis seiner Stimme verraten. Dieser Knecht streute nämlich dem Raben hin und wieder Futter aus, und als er eines Tages vor Heiserkeit den Raben nicht rufen konnte, sondern ihm nur winkte, kam dieser vorbei, setzte sich ihm auf die Schulter und flüsterte ihm ins Ohr, es gäbe ein Mittel gegen seine Heiserkeit. Das Blätterkauen des Wolligen Schneeballs würde seine Rachenentzündung rasch bessern und ihm seine klare Stimme wiedergeben.

So ist das Wissen um die Wirkung des Wolligen Schneeballs, der häufig an sonnigen Waldrändern oder Bachufern anzutreffen ist, in die Volksmedizin gekommen. Die metallisch glänzenden, schwarzen Beeren des Strauches sollen heute noch häufig Raben und Elstern anlocken und heißen deshalb „Rabenkugeln".

Der Wollige Schneeball

Schneebälle gibt es nicht nur im Winter – schon lange ist bekannt, daß die Gattung „Viburnum“ eine große Zahl wahrer Edelsteine beherbergt.
Der Wollige Schneeball liebt vor allem kalkhaltigen Untergrund und ist häufig an sonnigen Wald- und Bachrändern oder in freier Landschaft anzutreffen.
Bemerkenswert sind seine Knospen ohne Schuppen, sodaß sie den Winter ungeschützt überstehen müssen.
Die grünen, beerenartigen Scheinfrüchte werden erst lachsrot und schließlich, zur Vollreife, glänzend schwarz.
Die biegsamen Zweige wurden früher von der Bevölkerung der Dörfer zum Binden von Garben und zu allerlei Flechtwerk verwendet, sodaß auch der Name „Schlinge“ oder „Windebaum“ für den Wolligen Schneeball gebräuchlich ist.
Ein Aufguß der Blätter im Gurgelwasser wird in der Heilmedizin bei Mund- und Rachenerkrankungen empfohlen.

Der Wetterbutzn

Spindelbaummärchen

In den Pinzgauer Talschaften gab es früher viele arme Leute, die sich nur durch Sammeln von Heilpflanzen ihren Lebensunterhalt verdienten. Von den Dorfbewohnern als Kräuterweiber, Wiesenapotheker oder auch Wurzelklauber bezeichnet, hatten alle insgesamt ein beschwerliches und mühsames Dasein.
Tage und Wochen waren sie oft in den Seitentälern des Tauernkammes unterwegs, um ihr Sammelgut zusammenzubringen. Da es zu jeder Jahreszeit etwas anderes zu sammeln gab – Blüten, Früchte, Rindenteile oder Wurzeln – waren sie bei jedem Wetter draußen, das ganze Jahr über auf Gedeih und Verderb den Unbilden der Witterung preisgegeben.
Einmal war an einem kalten Wintermorgen ein Sammler unterwegs. Er wußte, daß er nur zwischen Weihnachten und Dreikönig an einer bestimmten Stelle des Fuschertales ein winterfestes Kraut holen konnte, damit wollte er der Krankheit beikommen, für deren Heilung man ihm viel Geld versprochen hatte. Keuchend und vor Anstrengung schwitzend mußte er sich durch den Schnee kämpfen, um den Standort des Krautes, den er schon im Spätherbst vor dem ersten Schneefall ausgekundschaftet hatte, zu erreichen.
In den späten Nachmittagsstunden war er endlich am Ziel.
Er wühlte sich durch den Schnee bis auf den Grund durch und grub mühselig das Kräutlein samt seinem Wurzelstock aus dem gefrorenen Boden. Säuberlich gereinigt steckte er es dann in seinen altersgrauen Rucksack. Jetzt hatte er eine Rast verdient.
Müde setzte er sich auf einen vereisten Baumstrunk, hauchte in seine blaugefrorenen Hände und kramte ein Stück harten Brotes hervor. Um seinen Durst zu löschen, mußte er eine gefrorene, armdicke Eissäule vom Felsen hacken, die sich über dem Spalt gebildet hatte, wo sonst das Wasser hervorquoll.
Um diese Jahreszeit bricht die Dämmerung schon früh herein, überhaupt wenn der Himmel nicht ganz klar ist. Für den Wurzelklauber war es höchste Zeit, den Weg ins Tal anzutreten, da das Gelände gefährlich und unwegsam war.
Kaum hatte er seinen Rucksack geschultert, hörte er hinter sich ein fürchterliches Fluchen, das von einer knapp unterhalb gelegenen Geländestufe heraufzukommen schien. Zuerst war der Wurzelklauber sehr erschrocken. Aber als er erkannte, daß das Gezeter nicht ihm galt, wurde er neugierig. Er legte sich bäuchlings in den Schnee, schob sich vor und lugte über den Absatz. Da sah er mit größter Verwunderung einen zottigen, häßlichen Kerl im Gesträuch hängen.
„Hallo, Zunftgenosse! Was suchst du denn da unten? Eigentlich ist das

mein Revier. Du hast mich sehr erschreckt. Aber heute will ich darüber hinwegsehen und der Abstieg zu zweit ist besser als allein."
Als Antwort kam ein lautes Grunzen. Der Wurzelklauber fuhr erschreckt in die Höhe, denn er glaubte, ein Wildschwein sei in unmittelbarer Nähe. Als ihm aber klar wurde, daß der Zottelmensch unter ihm der Grunzer war und ihm auch ein charakteristischer Gestank in die Nase fuhr – eine Mischung von Bock und Sau, vermengt mit Schwefel, als ob der Blitz eingeschlagen hätte – da dämmerte es ihm, daß er es mit keinem Irdischen zu tun hatte.
Das Grunzen ging in Fauchen über, und mit rollenden Augen erwiederte der im Strauch Hängende: „Was heißt Zunftgenosse, unverschämter Mensch. Ich werde dir zeigen, wer ich bin. Komm ich nur endlich heraus aus meiner mißlichen Lage. Ich bin der mächtigste Wetterbutzn der Gegend. Der größte! Verstehst du. Jetzt hilf mir sofort, sonst mach ich dir ein Wetter, daß du das Tal nicht mehr lebend erreichst."
‚Aha', dachte der Wurzelklauber, ‚das könnte schief gehen. Besser, ich hätte ihn nicht bemerkt und in Ruhe gelassen.' Laut rief er zu dem unvertrauten Gesellen hinunter: „Nichts für ungut. Du bist wahrhaft der wildeste Percht, der mir je untergekommen ist. Ich würde dir gerne meine Dienste erweisen. Doch helfe ich dir lieber nicht, sonst muß ich noch um mein Leben fürchten. Denn das Wetter kannst du erst machen, wenn du frei bist!"
Da schüttelte und rüttelte der Percht zornig am Strauch, der ihn gefangen hielt, sodaß eine kleine Lawine zu Tal fuhr. „Du blöder Mensch", sagte er, „du kannst alles von mir haben. Mach schon, hilf mir jetzt da heraus. Dann reden wir wie Partner miteinander. Unsere Geschäfte laufen zwar verschieden, aber mein Nutzen könnte auch dein Nutzen sein. Willst du kein Geschäft machen, auch gut. Dann werde ich dir, hilfst du mir endlich, für heute die Heimkehr garantieren. Ohne meine Hilfe kommst du ohnehin nicht mehr heim. Denn fährt erst meine Großmutter durch das Tal und muß mich suchen, dann Gnade Gott jedem, der noch unterwegs ist."
Da entschloß sich der Wurzelklauber zur Hilfe. Er holte einen Siebenmeterstrick aus dem Rucksack, den er als Alleingänger auf alle Fälle mit sich führte, um sich notfalls ein Stück abseilen zu können, käme er je in so eine Lage wie dieser Percht. Er warf das Seilstück dem Wetterbutzn zu. „Faß an", sagte er. Und im Nu hatte er ihn zu sich heraufgezogen.
‚Mit dem muß man sich's richten', dachte er ängstlich, als er die wahre Größe der zottigen Gestalt erkannte. ‚Ein paar Nasentröpfchen von dem, und das Tal wird überschwemmt. Hagelwetter, wenn er ein paar Borsten verliert. Die Leute haben schon recht, wenn sie so über den Wetterbutzn reden."
Der Percht machte indes eine freundliche Miene. „So, das hätten wir.

H. Bertel
1992

Setzen wir uns kurz, damit wir miteinander reden. Ich bin einer von denen." Mit vielsagender Geste wies der Percht mit seinem Daumen nach unten. „Meine Großmutter hat mich heute ausgeschickt, das Holz dieses elenden Spindelbaumes zu holen, woraus sie ihre harten Spindeln dreht. Steht am Vorabend des Perchtentages der Mond am Himmel, wirft sie sieben davon in die Luft. Dann muß der Mond sie mit seinem Silbergarn vollspinnen. Sorge ich in dieser Nacht für klares Wetter am Himmel, ärgert sich der Mond grün, denn er muß für das alte Weib die Arbeit tun, derweil sie mit der wilden Jagd herumzieht und Schaden anrichtet. Sitzt in solchen Nächten, wenn es stürmt und zugleich klar ist, noch irgendwo eine Bäuerin am Spinnrad, kann es schon sein, daß sie auf Nimmerwiedersehen verschwindet. Doch jetzt zu unserem Geschäft. Ein Jahr lang mach ich dir jedes Wetter, das du brauchst, gleich in welcher Jahreszeit. Und deine Apothekerpflanzen werden sich auch danach richten. Du kannst in Kürze ein reicher Mann sein, dessen Ruhm noch größer als sein Reichtum ist. Allerdings, ich verlange dafür deine arme Seele. Da du sie aber ohnehin vernachlässigt hast, wird sie dir nicht so viel wert sein. Jetzt kannst du was für deine Windfahne haben. Für mich ist sie ein Geheul mehr bei der wilden Jagd. So hätten wir beide was davon."
Da mußte der Wurzelklauber nicht lange überlegen. ‚Nach dem Tod bin ich tot. Was soll's. Jetzt will ich leben und den Reichtum genießen', dachte er und schloß den Pakt.
„Darauf trinken wir noch einen Schnaps, auf den ich vorher verzichtet habe, da ich sicher ins Tal kommen wollte", sagte der Wurzelklauber. „Jetzt bist du verantwortlich, daß ich jedesmal gut heimkomme."
„Aber sicher", lachte der Percht.
Da saßen nun die beiden, und der Wurzelsammler fühlte sich recht wohl im Mief des Wetterbutzn und lachte über seine derben Reden und Witze.
Schließlich mahnte der Percht zum Aufbruch. Er müßte der Alten das Spindelholz bringen. Denn mit der wollte er, der mächtige Wetterbutzn, nicht übers Kreuz kommen. Inzwischen war es stockdunkel geworden.
„Also übers Jahr sehen wir uns wieder", sagte der zottige Kumpan. „Jetzt halt dich an meinem Schulterpelz fest, bis wir den Talboden erreicht haben. Auf geht's!"
Kaum hatte sich der Kräutersammler angeklammert, erhob sich eine Sturmbö und trug die beiden davon. Sie landeten sicher bei der vordersten Talbrücke, von der aus bereits die Dorflichter zu sehen waren.
„Das Wetter kannst du mir ja machen. Aber fortbewegen möchte ich mich doch lieber auf meinen eigenen Beinen", murmelte der verwirrte Mann und stolperte davon. Das meckernde Gelächter des Wetterbutzn klang ihm noch lange in den Ohren.
Seit dieser Zeit stand der Wetterbutzn ständig bereit, die Wünsche des

Wurzelklaubers zu erfüllen. Brauchte im Februar ein Patient die Blätter des Augentrostes gegen die Erkrankung seiner Lider und Bindehäute, sorgte der Butzn, daß inmitten der schneereichen Winterlandschaft die Pflanze auf einem Berghang zum Erblühen kam. Für die kranken Kinder eines reichen Bauern ließ er mit Hilfe des Butzn schon im März die Brombeeren reifen. Zur rechten Zeit fand sich das rechte Kraut, um jedem Hilfesuchenden die kräftigen Wirkstoffe verabreichen zu können, deren er bedurfte. Es war für den Wurzelklauber auch kein Problem, im November noch das Fünffingerkraut aufzutreiben, um die Lungensucht einer Lehrersfrau zu heilen.

Das Jahr verging, und der Mann hatte es in kürzester Zeit zu Reichtum und Ansehen gebracht. Überall wurden seine Heilpflanzen gerühmt, und es fiel dem Wurzelklauber gar nicht auf, daß er nicht mehr viel Zeit hatte, seinen Reichtum zu genießen.

Eines Tages hatte er sich wieder einmal verspätet, und da ein Heimweg in der Dunkelheit unmöglich schien, entschloß er sich, ein Freilager zu beziehen. Im Süden stand eine riesige Föhnmauer, doch hoffte er, das Wetter würde aushalten. Dies sollte nicht seine, sondern des Wetterbutzn Sorge sein.

Diesmal hatte er aber die Rechnung ohne den Wirt gemacht. Das Jahr war um.

In der Nacht erhob sich ein Brausen und Rauschen in der Luft und schreckte ihn aus seinen Träumen. Zwischen fliegenden Wolkenfetzen leuchtete der Mond gespenstisch. Der Sturm nahm zu und mit dem in dieser Höhe kalten Föhn sah er einen Zug schauriger Gestalten daherreiten. An der Spitze der Geisterjagd galoppierte der Wetterbutzn auf einer spitzknochigen Gemse, begleitet von grunzenden Wildschweinen und einer unübersehbaren Meute pechschwarzer Hunde.

‚Um Gottes Willen', dachte der erschrockene Wurzelklauber, und der Angstschweiß rann ihm von der Stirn. ‚Ich habe ganz vergessen, daß die vereinbarte Zeit um ist.' Er warf sich flach auf den Boden, und schon fuhr mit kreischendem Geschrei und ohrenbetäubendem Lärm die Schar über ihn hin. Menschen, die sich nicht zu Boden warfen oder versteckten, wurden von den kläffenden Tieren des Geisterzuges zu sich in die Luft gerissen und in fremde Länder entführt.

Schon hoffte er, für diesmal entkommen zu sein; zumal er schnell einen Gebetsvers dichtete. Im Volksmund hieß es, ein solcher Spruch banne die Geister. Er stammelte: „Vorüber, ach vorüber zieh wilde Geisterjagd. Mein Seel' hab ich verloren, das habe ich geschworen. Doch losgesagt sei dieser Pakt."

„Das würde dir so passen", orgelte es in den Lüften. Und mit einem Triumphgeheul landete der Wetterbutzn neben dem zitternden Wurzelklauber. „Heute werden wir Abrechnung halten. Wir werden deine würdige Seele aus dem Leib drehen." Da leuchteten die Glühaugen aller Windgeister vor Vergnügen. „Hui", pfiffen sie, und sofort wirbelte

eine kleine Windhose dürre Blätter und Astwerk in die Höhe.
In seiner Verzweiflung begann das Männlein zu betteln und sagte dann listig zum Wetterbutzn: „Sei mir gnädig und erlaube mir noch, meine Seele etwas zu läutern. Ich habe dort im Gestrüpp einen Pfarrer liegen gesehen!"
Fauchend schmatzte da der Butzn und knurrte: „Was verbreitest du für Lügen! Nirgends habe ich wo eine Geistlichkeit erblickt, die dir das Leben retten könnte. Sollte aber wirklich in dieser Gegend und in dieser Geisternacht etwas von einem Pfarrer da sein, schenke ich dir deine Seele."
„Laß ihn geh'n, er soll zuerst den Pfaffen wegschicken", schrien da die Windgeister. Und das Wolfsgeheul der schwarzen Hundemeute stieg zum Mond empor.
Da rannte der Wurzelklauber zum Spindelstrauch und schüttelte eine der Früchte, die sich noch in der kalten Jahreszeit an den Ästen befand, daß sie sich wie die vierlappige, rosarote Kopfbedeckung eines Pfarrers öffnete und orangerot erstrahlte.
Da wich der Wetterbutzn zurück, und seine dreckigen Fellhaare sträubten sich derart, daß eine Wolke von Läusen, Flöhen und anderem Ungeziefer auf den Strauch geschleudert wurde.
Unter Funkensprühen und einer Fahne von Gestank floh er von dannen.
Dem schlauen Wurzelklauber wurde durch diese List das Leben gerettet. Die Früchte des Spindelbaumes aber wurden seither nur mehr ‚Pfaffenkapperl', oft sogar ‚Bischofsmütze' genannt.
Wie die wilde Horde unter Heulen, Johlen und Pfeifen in die Lüfte stieg, hoben alle schwarzen Hunde noch vor dem Strauch schnell das Bein, und die Windgeister spuckten Gift und Galle, sodaß von diesem Augenblick an die roten Mützen nur mehr bitter und ekelig schmeckten.
Daß diese Begebenheit wirklich passiert sein muß, zeigt eine Eintragung in einer alten Pinzgauer Dorfchronik aus dem Jahr 1642, wo von einem absonderlichen Wetterjahr berichtet wird. Da soll es im Juni geschneit haben, und im Herbst war die erste Heumahd möglich.

Der Gemeine Spindelbaum

Vielen Menschen sagt der Name Spindelbaum überhaupt nichts, dafür um so mehr die volkstümlichen Bezeichnungen „Pfaffenhütchen" oder „Pfaffenkapperl". Auf seinen Zweigen schaukeln auf langen Stielen eigenartig geformte, leicht karminrote Samenkapseln; sie springen im Herbst auf, klaffen in vier Teile auseinander und geben die von einem orangeroten Mantel umgebenen Samenkörper frei.
Die Blüten im Mai/Juni sind nicht nur sehr klein, sondern auch noch hellgrün und duftlos, vielleicht ein Grund, warum diese Schönheit nur wenig Beachtung findet.
Das helle und feinporige Holz fand früher Verwendung bei Drechsler- und Schnitzarbeiten (Spindelherstellung, Instrumentenbau usw.). Die zähen und harten Zweige wurden bereits in den Pfahlbauten gefunden.
Der Spindelstrauch findet sich bereits in den Schriften der heiligen Hildegard von Bingen (1098–1178) und später im 15. Jahrhundert im „Gothaer Arzneibuch". Früchte und Zweige des „Paterkapperls", so lautet eine regionale Sprachabänderung, sind sehr giftig. Aus den giftigen Früchten bereitete man noch zu Beginn des 19. Jahrhunderts Ungeziefermittel. Waren die Kinder von Läusen befallen, scheint in alten Schriften der Rat auf: „... sied die Beer vom Spindelbaum und zwage das Haupt, es tötet die Läuse ...".
Bei den Bodenverhältnissen anspruchslos, wächst er gerne in der Begleitung von Schlehdorn, Liguster und Hartriegel an Ufern, in feuchten Auwäldern und gedeiht sogar in felsigem Gelände.
Der Spindelbaum ist eine vergessene Schönheit, die eigentlich erst im Herbst ihre Trümpfe ausspielt, denn nicht nur die Früchte sind wunderbare Farbtupfer, sondern auch das Laub färbt sich in diesen Tagen herrlich blutrot und setzt in der schon ruhenden Heckenlandschaft weithin leuchtende Punkte.

Das Trollweibchen

Weißdornmärchen

Vor langer Zeit wurde in der Rauriser Gegend der Goldbergbau betrieben. Die Knappen arbeiteten Tag und Nacht in Stollen und Schächten, um das kostbare Material an den Tag zu fördern.
Dieser Reichtum kam besonders einem Bauern zugute, der eine der reichsten Adern in den Gesteinsgängen gefunden hatte. Seine Habsucht kannte keine Grenzen und er befahl den Bergleuten, immer schneller und immer tiefer zu schürfen. Soweit seine Augen reichten, konnte er Wiesen, Wälder und korntragende Felder sein eigen nennen. Während die Bewohner des Tales bescheiden in Stein- und Holzhäusern hausten, hatte sich der Bauer ein ansehnliches Anwesen geschaffen und seine frühere Einfachheit längst vergessen. Arbeiter und Knechte zitterten vor seiner Härte und Grausamkeit. Mit menschenunwürdigen Strafen erzwang er sich Gehorsam, Bitten vermochten sein Herz nicht zu rühren.
Nachdem nun das Alter seinen stattlichen Körper etwas gebeugt hatte, dachte er daran, seinem einzigen Sohn die Besitzungen und Reichtümer zu übergeben. Um seine Schätze und das riesige Vermögen noch zu vermehren, befahl ihm der raffgierige Vater, eine reiche Verwalterstochter aus einem entfernten Nachbardorf zu heiraten.
Der Sohn aber liebte das Mädchen einer armen Taglöhnerfamilie und war entschlossen, diese geheime Zuneigung vor seinem Vater nicht mehr länger zu verheimlichen und sich dessen Wunsch nach einer reichen Heirat zu widersetzen. Standhaft und mutig teilte er dem wütenden Bauern seine Entscheidung mit.
Da ließ der tobende Vater hinter dem Rücken des Burschen das arme Mädchen zu sich rufen und schrie zornig: „Wie kannst du es nur wagen, armselige Maid, mit deinem gewöhnlichen Aussehen und deiner Herkunft meinen einzigen Sohn zu betören? Doch will ich nicht ganz unbarmherzig sein. Wenn du innerhalb eines Jahres vor Schönheit erstrahlst und reich bist, erhaltet ihr meine Einwilligung zu heiraten. Untersteh dich aber, solange diese Bedingung nicht erfüllt ist, dich auf meinem Hof und innerhalb meiner Besitzungen blicken zu lassen."
Einige Tage später – der Bauer war gerade wieder mit seinem prächtigen Pferdegespann unterwegs, Wälder, Almen, Felder und Bergwerksstollen zu kontrollieren – kam ihm auf einem schmalen Feldweg eine alte Frau entgegen. Es war ein häßliches Trollweibchen. Diese scheuen Waldfrauen mieden normalerweise den Umgang mit Menschen, nur manchmal gelüstete es sie nach Kleinigkeiten, süßer Milch etwa oder frischem Brot, und dann wagten sie sich bis zu den Häusern der Dörfer vor und stibitzten aus den Speisekammern, wonach ihnen der Sinn stand.

Elend und Kummer schauten aus den Augen des alten Weibleins und mit herzbewegenden Worten erflehte sie ein Stück Brot. Ungeduldig trieb der hartherzige Bauer die Waldfrau zur Seite und wollte gerade mit höhnischem Lachen die Pferde anfeuern, da rief das Trollweibchen drohend: „Weh dir, du lasterhafter Bauer, es wird der Tag kommen, da du allein deshalb glücklich sein würdest, etwas Salz statt des Goldes in deinen Fingern zu haben. Es wird der Tag kommen, da du nach Brot rufen wirst und froh wärst um jene Gabe, in der das Salz der Erde dein Überleben sichert. Es wird der Tag kommen, an dem du erkennst, daß Reichtum nicht alles ist."

Da hielt der Bauer, der auch abergläubisch war, nochmals seine schnaubenden Rosse an, sah mit funkelnden Augen auf das zitternde Bettelweib und riß einen goldenen Knopf von seiner feinbestickten Weste ab. Hämisch warf er das Stück vor die Füße der alten Frau und polterte: „Solange meine Kisten und Kasten voll sind mit Gold, brauch' ich um das Salz nicht zu bangen. Unter diesen Dingen, die aus der Erde kommen, zieh ich das Gold dem Salz vor. Da, nimm diesen goldenen Knopf und stille deinen Hunger damit, wenn du kannst. Zeig, ob du handelstüchtig bist und setze ihn um in Brot. Du wirst mehr bekommen, als du jetzt von mir erbeten hast."

Er schwang die Peitsche über seine Pferde und, unbeeindruckt von den Verwünschungen, zog er weiter, ohne dem armen Trollweibchen noch einen einzigen Blick zu gönnen.

Wenige Wochen darauf kam eine große Seuche ins Tal und machte auch vor den Besitzungen des reichen Bauern nicht halt. Das Bergwerk stand still, denn die meisten Knappen waren aus Angst fortgezogen. Die Menschen des Dorfes plünderten jetzt Wälder und Heckengehölze wie nie zuvor. Sie schnitten Ruten, um die Häuser und Ställe reinzufegen. Sie sammelten Blumen und Kräuter in großer Zahl, die von jeher gegen die Pest verwendet worden waren. Doch nichts half. Verzweiflung und Elend herrschten überall. Eine Trockenperiode stellte sich ein, die ungepflegten Felder verdorrten. Die letzten Kühe brüllten dumpf in den Ställen.

Auch das Mädchen der Taglöhnerfamilie wanderte wie immer durch Wälder und Schluchten, um Brennholz und etwas Eßbares, wenigstens ein paar Beeren, zu finden. Wie es voller Sorge und in Gedanken an seinen Geliebten dahinschritt, da jammerte plötzlich etwas neben ihm. „Hilf mir, hab Erbarmen."

Es blickte zwischen das Unterholz, konnte jedoch nichts erkennen. Da hörte es wieder: „Hab Erbarmen mit mir." Vor ihm saß das Trollweibchen, eingeklemmt zwischen zwei bemoosten Steinen und unfähig, sich selbst zu befreien. Das hilfsbereite Mädchen zog es heraus und befreite es aus seiner mißlichen Lage und gab ihm auch etwas von seinem gesammelten Beerenvorrat mit auf den Weg.

Bevor das Weibchen davonhumpelte, sagte es zum Mädchen: „Ich

kann dir für deine Hilfe mit keinen großen Geschenken danken, doch höre: Suche den gläsernen Turm im Frühling, öffne ihn mit einer Springwurzel und hole das Salz der Erde, das in den roten Beeren enthalten ist und backe Brot, soviel du kannst. Wenn dir dies gelingt, werden sich deine Wünsche erfüllen und du wirst deinen Geliebten wiedersehen."
„Bleib stehn", rief das Mädchen, „wie finde ich die Springwurzel, und wo steht der gläserne Turm?"
„Baue ein Nest für eine Elster und lege deine Haarspange hinein", kicherte die Alte und war im dichten Gestrüpp verschwunden.
Eilig fertigte die Taglöhnerstochter ein Vogelnest an und legte es in die Astgabel einer Eiche. Schweren Herzens gab sie da ihre einzige Silberspange hinein. Es dauerte nicht lange, kam auch schon eine freche Elster. Mit lautem Gezeter ließ sie eine Springwurzel fallen, die sie gerade in ihrem Schnabel hatte und nahm stattdessen die Spange aus dem Nest und suchte damit das Weite.
Überrascht und glücklich ging das Mädchen nach Hause. Es glaubte an die Prophezeihungen der Alten und wartete ihre Zeit ab.
Die Tage zogen ins Land und die Monate vergingen. Die Blätter der buntgewordenen Laubbäume fielen bereits zu Boden, in warmem Goldton erglühten die Lärchen an den Berghängen und bald bedeckte frischer Schnee das Land. In der nun einkehrenden Kälte erlosch die Seuche, doch Armut und Hunger waren weiterhin fast unerträglich.
Als die Zugvögel zurückkehrten und den neuen Frühling ankündigten, machte sich die Taglöhnertocher auf den Weg, um den gläsernen Turm zu suchen. Nach einer langen Wanderung kam sie aus den tiefer gelegenen Wäldern in eine dunkle Schlucht, die sie bis an die Waldgrenze emporführte, wo hinter mächtigen Felsblöcken im letzten Licht des Abends die schimmernde Spitze eines Turmes zu sehen war. Als sie die steile Klamm endgültig verlassen hatte, stand sie voller Staunen vor einem glänzenden und himmelhohen Bauwerk.
Unerschrocken nahm sie die Springwurzel aus ihrem Reisebeutel und berührte den rostigen Türrahmen des Turmes. Lautlos öffnete sich das schwere Eingangstor und gab den Blick auf eine unbeschreibliche Pracht frei. Im Innern glühten große und kleine Kristalle und verbreiteten ein sanftes Licht. Sie fühlte sich an die blühenden Sommerwiesen ihres Tales erinnert, erschrak aber zugleich vor der Kälte dieser Pracht. In der Mitte des Edelsteingartens aber wuchs ein einzelnes dornenbewehrtes Gehölz mit Früchten an den großen ausladenden Ästen und Zweigen. Sie konnte sich kaum sattsehen an all der Schönheit, denn noch nie hatte sie einen Strauch gesehen, der gleichzeitig blühte und Früchte trug. Der Strauch erschien ihr wie zu einer Hochzeit geschmückt. Die weißen Früchte des blühenden Strauches bewegten sich leise und sanft und zwischen den Blättern leuchtete eine Fülle von roten Beeren hervor.

1992

Müde vom langen Suchen und Schauen legte sich das Mädchen erschöpft unter den großen Weißdornstrauch und wurde vom Schlaf übermannt.
In den Morgenstunden tropfte der Tau der kleinen Blüten auf das Gesicht des Mädchens und die zierlichen Weißsterne fielen in die zahlreichen Falten seines Leinengewandes. Der sanfte Morgenwind aber schüttelte behutsam an den kräftigen Ästen des geheimnisvollen Strauches, sodaß die knallroten, wie kleine Fäßchen aussehenden Früchte ringsum niederfielen.
Als die Schlafende erwachte, waren der Kristallturm und der Weißdornstrauch verschwunden. Sie fand sich wieder im taufrischen Berggras, und ein herrlicher Morgen brach an. Das Mädchen sammelte nun die Beeren und Blüten in seine Schürze und machte sich auf den Weg ins Tal. Es selbst erstrahlte in bezaubernder Lieblichkeit und leuchtete lichtvoll, als es durch den finsteren Wald schritt.
Heimgekehrt in seine winzige Stube begann es sofort, aus den mehligen roten Früchten einen wohlschmeckenden Teig zu bereiten und in den heißen Ofen zu schieben. „Das könnte vielleicht Brot werden", sagte es sich. Einige Stunden später häuften sich auf dem Küchentisch die herrlichsten Brotlaibchen. Und wieviel es auch backen mochte, die Beeren in seinem Beutel wurden nicht weniger. Mit einer hochaufgepackten Kraxe auf dem Rücken ging das Mädchen jeden Tag zu den kranken und armen Bewohnern des Tales, um die neue Speise unter den Hungernden zu verteilen.
Auch auf den Gehöften des reichen Bauern war inzwischen Not eingekehrt. Als er von den guten Taten des Mädchens hörte, rief er es zu sich und fragte berechnend: „Was verlangst du für das Brot? Nenne den Preis, und ich werde ihn bezahlen." Dabei warf er ein paar Kupfermünzen auf den Tisch.
„Bauer", sagte das Mädchen leise, „mein Brot, das mit besonderem Salz aus dem Inneren der Erde gewürzt ist, brauchen wir jetzt zum Überleben. Ist dir dein Leben nur diese paar Kupfermünzen wert?"
Da griff der noch immer Geizige in seine vollen Kisten und gab der Taglöhnerstochter wohl oder übel einige Goldtaler. Täglich ging sie nun zum Gehöft, um ihre Brotstücke auch dort abzuliefern, und jedesmal mußte der Bauer finster blickend mit seinen gehorteten Goldstükken bezahlen.
Das Jahr neigte sich dem Ende zu, und wieder stand das Mädchen mit einem großen Brotlaib in der Stube. Im Halbschatten des Raumes suchte der Alte am Boden der hölzernen Truhe und fand nichts mehr als Staub. Es waren keine Goldstücke mehr darinnen, mit denen er hätte bezahlen können. Sein Reichtum war aufgezehrt.
Da gab sich die einst von ihm gehöhnte Taglöhnertochter zu erkennen. In der Dunkelheit der Kammer leuchtete ihre Schönheit, und dem Bauern fiel es plötzlich wie Schuppen von den Augen, er erkannte sie

wieder. Sie öffnete die Haustür und zeigte draußen dem zitternden Geizkragen einen Wagen, vor den ihre beiden Ziegen gespannt waren. Darauf befanden sich große Kisten, übervoll mit den Goldmünzen des Bauern.
„Siehst du, Bauer, ich habe deine Bedingungen erfüllt. Schönheit und Reichtum wurden mir geschenkt, weil ich das unscheinbare Brot der Erde beachtet und weitergegeben habe."
Da packte Reue den einst vermögenden Bauern. Er gab freudig seine Zustimmung, als das Mädchen um die Hand seines Sohnes bat.
Die roten Kugeln des Weißdorns aber erhielten den Namen ‚Mehlbeeren' und dienten den Bauern der Gegend auch später noch in Notzeiten als Nahrungsmittel. Die gebackenen Fladenstücke wurden als „Müllersbrot" verkauft.
Der Rat des alten Trollweibchens aber hielt sich bei den verliebten Mädchen der Tauerntäler noch lange im Spruch erhalten:
„In der Morgenfrüh des Mai,
als junges Mädchen draußen sei;
im Weißdorntau dich schlafen leg,
wird reich und schön den Lebensweg."
Es ist auch nicht verwunderlich, daß Weißdornhecken als „Hochzeitskleid der Landschaft" bezeichnet werden, wenn sie mit Millionen kleiner Blüten die Landschaft schmücken.

Der Weißdorn

Als Hecke säumte einst der Weißdorn Wege und Waldränder oder stand als dornig-abwehrendes einzelnes Gebüsch an Feldern und in lichten Wäldern. Früher war der Beginn der Weißdornblüte ein großer Festtag, Girlanden aus blühenden Dornzweigen über den Eingangstüren bewahrten Haus und Hof vor Blitzschlägen.
Laut dem Volksglauben soll der „Dorn für's Herz" Maria auf der Flucht nach Ägypten ein schützendes Versteck vor den Verfolgern geboten haben.
Vielen Pflanzen sprach man im Mittelalter übernatürliche Kräfte zu, besonders aber dem Weißdorn.
Weißdornblüten ins Haus tragen bedeutet Unglück, das Abzupfen eines Blattes von alten Büschen den baldigen Tod.
Die Griechen sahen in diesem knorrigen Dornenstrauch ein Symbol der Hoffnung und der Verheißung, ein Zeichen der Fruchtbarkeit und des Eheglücks. Der Weißdorn wird auch als König aller Dornenbüsche bezeichnet. Seine Zweige, am Gründonnerstag geschnitten, bringen Freude und Glück über jede Familie, da man sagt: „Unter einem Dorn ward Jesus gebor'n".
Sein hartes und dauerhaftes Holz wurde früher zur Herstellung vielfältiger Geräte verwendet, ja sogar in der Wetterprognose hat der Weißdorn seinen Platz, wenn der Herbst reichen Fruchtansatz bringt: „Gibt's viel Weißdorn und viel Schlehen – bringt der Winter kalte Zehen".
Von alters her werden dem Weißdorn in der Naturmedizin herausragende Wirkungen zugeschrieben. Wenn vor den Blättern im Frühling (April/Mai) die kleinen, fünfblättrigen weißen Blüten erscheinen, wirkt der Strauch wie in einen Schleier gehüllt. Die roten, kugeligen bis eiförmigen Beeren reifen im September/Oktober heran, je sonniger der Platz, desto zahlreicher.
Alle Weißdornteile sind wichtige Heilmittel für Herzbeschwerden, der Tee von Blüten kann auch bei Grippe und Husten verwendet werden.
In Notzeiten bediente man sich des Weißdorns aber auch als willkommenen Nahrungsspenders, worauf die Bezeichnung „Mehlbeerstrauch" hinweist.

Der Wasserdrachen

Schlehenmärchen

Seit jeher war das Gasteinertal eine wasserreiche Gegend. Zahlreiche Bachläufe kommen aus den Seitentälern, und gar nicht wenige unter ihnen führen Gletscherwasser. Tosende Gefälle wechseln mit sanften Wegstrecken in den sich weitenden Talebenen. Es zischt und gischtet, aber nicht nur in den eisigen Wildbächen, auch aus dem Erdinnern allenthalben dampft und quillt es hervor. Heiße Quellen treten da und dort an die Oberfläche und zeugen davon, daß die Verbindung zu Glut und Feuer so nahe wie die zum Eise ist.

Wen mag es da weiter erstaunen, daß im Quellgebiet der Ache vor langer Zeit ein wilder Drache hauste. Vor undenklichen Zeiten war der Bockhartsee zu ungeheurer Größe angeschwollen, und in einer Sturmnacht stieg aus demselben der gräßliche Lindwurm. Der Eingang zu seiner Höhle lag hinter sprühenden Kaskaden von Wasserfällen. Kroch er hervor und ringelte sich sein Leib zu einem Knäuel, dann staute sich das Wasser im Hauptfluß und die Bäche der Seitentäler flossen bis zu ihrem Ursprung zurück.

Des Nachts aber stieg er aus dem Achenfluß und kroch an Land. Er sog den Kühen, die am Talboden weideten, die Milch aus dem Euter, fraß Schafe und Lämmer, jagte die Viehherden vor sich her und versetzte alle Bewohner in Angst und Schrecken.

Mit seinen riesigen Fledermausflügeln rauschte der schier endlose, beschuppte Wurm über die Wiesen, Wälder und Dörfer. Wie eine Giftwolke kam sein alles versengender Atem aus dem Rachen des einen Kopfes, während dem anderen Drachenhaupt eine gewaltige Feuerwolke entströmte.

Die Augen leuchteten und funkelten wie rote Wagenräder in der Dunkelheit. Durch die Hitze seines Atems vertrockneten die malerischen Seen der Gegend und verödeten weite Almflächen.

Wenn er keine Beute fing, zischte und fauchte er und schlug mit seinem Schwanz so zornig gegen herumstehende Bäume, daß er die ältesten Eichen und die stärksten Fichten mitsamt den Wurzeln aus dem Boden riß.

Viele der fleißigen Bauern waren mit ihren Herden bereits weggezogen.

Abend für Abend zog der sechsbeinige Drache seine Kreise und der Schatten des Unheils schwebte über dem Gasteiner Tal. Im Mondlicht glänzten die Schuppen des Riesenleibes mit der weißen Gletscherwelt um die Wette.

Da kam eines Tages ein Ritter, der eine Wallfahrt ins heilige Land unternahm, in die Gegend und hörte von den Untaten des Drachens und der Bedrängnis der Bewohner. Er beschloß, den Leuten zu helfen.

H. Bertel
1992

Noch am selben Tag machte er sich auf, um das Drachenloch zu suchen. Er war in voller Rüstung, um auch gegen Gift und Feuer gerüstet zu sein. Auf halbem Wege fiel ihm auf, daß ihn ein Segelfalter umgaukelte und nicht abließ, auf seiner Rüstung Halt zu suchen. Der Ritter zog seinen gepanzerten Handschuh aus, streckte dem Falter seinen Finger hin und wartete, bis der Schmetterling sich auf ihm niederließ.
„Seltsam, daß Drache und Schmetterling so nahe nebeneinander hausen. Warum ist dieser Falter nicht längst schon im Gifthauch des Untiers umgekommen?“ überlegte der Ritter.
Kaum hatte er das gedacht, als auch schon der Falter zu sprechen anfing.
„Du bist der erste, der mich vernehmen kann, denn deine Verwunderung war soeben größer als deine Angst. Ich werde dir verraten, wie dem Drachen beizukommen ist. Die beiden schrecklichen Köpfe müssen miteinander in Streit geraten und ihre Zungen von Dornen durchbohrt werden. Gib acht, daß du bei deinem schwierigen Vorhaben nicht unterliegst. Denn Schneide und Spitze der Waffen, mit denen du gerüstet bist, genügen nicht, der Drache wird sie zermalmen. Auch hält im Kampf Einmütigkeit die beiden Köpfe wie eine eiserne Klammer zusammen und keine Macht der Welt kann sie entzweien; schon gar nicht rohe Kraft kann den zweiköpfigen Drachen besiegen. Daher tu jetzt, was ich dir sage. Am Unterlauf der Ache haust eine alte Spinnerin. Kehre um und hole bei ihr weiteren Rat. Der Umweg wird kein Zeitverlust für dich sein.“
Nach diesen Worten flog der Schmetterling auf und entschwand. Der Ritter aber kehrte um und machte sich auf die Suche nach der Spinnerin.
Es dauerte geraume Zeit, bis er die Alte ausfindig gemacht hatte. Diese hauste ganz allein in einem kleinen Häuschen und ließ sich durch die Ankunft des Ritters in ihrer Arbeit nicht stören. Sie spann und webte und nähte mit flinken Fingern den ganzen Tag. Das Spinnrad surrte, kunstvolle Fäden zogen sich vom Rocken, das Schiffchen flog in Windeseile hin und her und webte herrliche Muster. Die Nadel führte die Alte wie im Flug. Zwischendurch griff sie neben sich in einen Beutel, entnahm daraus eine getrocknete blaue Beere, steckte sie in den Mund, um den Speichelfluß zu fördern. Ohne aufzublicken, feuchtete sie dann die Finger an, um den Faden weiterhin in der gebotenen Eile führen zu können. Ehe der Ritter sich neuerdings bemerkbar machen konnte, sagte sie mit hoher Stimme: „Hole die Schlehe, sonst vergehe, am Waldesrand auf hohem Stand, mit großer Mühe in aller Frühe; läbe die Milch wie zum Käse, damit das Untier verwese, tu alles in einen Beutel und mach ein Kreuz auf den Scheitel; hole die Schlehe, sonst vergehe. Weh'dir, wenn du's nicht tust.“
Danach verstummte sie und vergeblich drang der Ritter mit Fragen in

sie. Es war, als ob sie diese nicht hörte. Eifrig erfüllte der Ritter die Bedingungen und machte sich wieder auf die Suche nach der Drachenbehausung.
Das Untier hatte den Edelmann längst erspäht. Es saß auf der obersten Wasserfallkante, schlug wild mit den Flügeln, daß die Fallwinde nur so durchs Tal brausten. Der Drache pendelte mit seinen zwei Köpfen weit über den Abgrund hinaus und bedrohte von oben her den Ritter mit seinem Speichel. Da bekreuzigte er sich und hatte damit unbewußt die letzte Bedingung der Alten zuerst erfüllt. Im nächsten Augenblick hörte er über sich ein Knirschen und sah gerade noch, wie der Drache vor Wut einen Felsbrocken zwischen seinen Zähnen zu Mehl zermalmte. Da verließ ihn aller Mut. Er dachte, es sei um ihn geschehen. Unwillkürlich hob er wie zu seinem Schutz seine Hände über sein Haupt und zugleich damit den ledernen Ziegenbeutel, der mit Beeren, Milch und Käse prall gefüllt war. Da stieg der süße Duft des Inhaltes in die Nüstern der beiden Köpfe, und sofort stieß jeder Kopf auf den Beutel nieder.
Wütend begannen beide Häupter zu streiten, gierig wollte ein jeder den duftenden Sack verschlucken. Mit wuchtigen Schlägen versuchten sie sich gegenseitig Wunden zuzufügen und der giftige Stachel am Schwanzende wußte nicht, welchem der beiden Köpfe er helfen sollte. Während sich die scharfen Zähne ihrer Kiefer in die Hälse vergruben, zerdrückten die Drachenarme den Käsebeutel, sodaß dunkler Saft heraustropfte und zu Boden floß. Sogleich wuchs ein Schlehenstrauch mit schwarzen Zweigen, sparrig und wild und überall bestückt mit spitzen, kraftvollen Dornen.
Unaufhörlich streckte sich das Geäst, umrankte den Drachenkörper und trieb mit seiner sprossenden Kraft, die die Kraft des Schwertes bei weitem übertraf, seine dornigen Triebe in den Schuppenleib. Da erst merkte das Untier auf, brüllte laut und die an der Kehle klaffenden Hälse wendeten die Köpfe gegen das Dornengerank. Aber es war zu spät. Den beiden Rachen gelang es nicht mehr, den Busch zu versengen, und so versuchte der sterbende Drache, die Dornen zu fressen. Er begann zu verschlingen, was ihn tötete.
Da bebte die Erde. Ein Spalt tat sich auf, dampfender Nebel entfuhr ihm und umhüllte den vor Schmerz brüllenden und fauchenden Wurm. Mit einem letzten Aufbäumen stieß das Ungeheuer nochmals eine riesige Wolke von Feuer und Rauch aus, um dann, begleitet vom Zischen und Gurgeln der gestauten Wassermengen, in den mächtigen Felsspalt zu stürzen. Mit gespreizten Flügeln und gleißender Haut glitt das Untier der Ache nach heraus bis zur ‚Schreck', wo es von riesigen Wellen das Tal entlang getragen wurde bis zur ‚Wurmwiese', wo es liegenblieb und mit dem Wasser vertrocknete.
Der Strauch aber erblühte vor dem Ritter. Die Pracht dieser Blüte faßte ihm ans Herz. Er begann bitterlich zu weinen und ließ seinen Tränen

freien Lauf, da nun Angst und Bedrohung so plötzlich von ihm gewichen waren. Als er sich wieder gefaßt hatte, sah er zwischen den blühenden Zweigen den Segelfalter. Dieser tauchte gerade den Rüssel in eine der Tränen, die wie Tautropfen die Blätter netzten. Da verwandelte sich der Schmetterling vor den staunenden Augen des Ritters in ein Mädchen. Sie stiegen miteinander zu Tal und unter dem Jubel der befreiten Bevölkerung versprach er, wenn er unbeschadet von seiner Wallfahrt zurückkäme, sie zu heiraten.
„Sie hat Augen so frisch wie Schlehen", sagten die Leute, und so sagen sie noch heute in den Tauerntälern, wenn Mädchen dunkle Augen haben, deren Licht aber blau schimmert.
Der Strauch selber aber erhielt den Namen ‚Schwarzdorn', in manchen Gegenden, wo man sich noch heute an die Drachengeschichte erinnert, wird das herrliche Gehölz auch als ‚Schlinkerle' oder überhaupt ‚Schlingenstrauch' bezeichnet.
Der Segelfalter aber pflegt nach wie vor seine innige Zuneigung zum Schlehdorn. Er findet dort nicht nur sein Futter, sondern rastet auch gerne auf den höchsten Zweigen, wo er behaglich in der Sonne wippt.

Der Schlehdorn

Die Spinnerinnen, so liest man, hätten früher getrocknete Schlehen gekaut, um den Speichelfluß zu fördern und die Finger, die den Faden führten, besser anfeuchten zu können. Daß sie dafür gerade Schlehen nahmen, mag ihnen auch in anderer Hinsicht von Nutzen gewesen sein: Die Inhaltsstoffe der Schlehen stärken die Abwehrkräfte des Körpers und sind gegen Halsentzündungen und rheumatische Beschwerden wirksam.

Die weißen Blüten der Schlehe, gleich einer Schaumwolke, die im Frühling noch vor den Blättern erscheinen, standen früher im Ruf magischer Heilkraft. Bereits um 1500 wurde der Aufguß der „Schleeblüte“ zu Schwitzkuren und als mildes Abführmittel verwendet.

Mystik und Zauber umgeben den sperrigen Schlehdorn, der trockene, sonnige Standorte in Hecken und an Wegen bevorzugt.

Nicht selten werden Anfang Mai blühende Schlehen von kalten Wettereinbrüchen überrascht. Die Bauern verbinden die Zeit der Schlehenblüte mit feuchtem Wetter und sagen: „Ist die Schlehe weiß wie Schnee, ist's Zeit, daß man die Gerste säe.“

Das Holz der Schlehe ist hart und wurde früher zu Tischlerarbeiten benutzt. Aus ihren Ästen stellte man Spazierstöcke her. In Kriegszeiten wurden die Blätter als Ersatz für Schwarztee verwendet.

Aufgrund von Funden in Pfahlbauten weiß man, daß Schlehen den Menschen schon in der Jüngeren Steinzeit als Nahrung dienten.

Das berühmte „Slehenwazzer“, das Produkt bester Brennkunst, ermutigte schon den treuen Vasall Blondel, sein Lied vom Fuß der Burg Dürnstein zu den Kerkerfenstern seines Königs Richard Löwenherz emporklingen zu lassen.

Die schwarzblauen Früchte werden wegen ihres äußerst herben Geschmacks erst bei der Überreife oder nach Frosteinwirkung genießbar und im November geerntet.

Die Früchte wirken allgemein kräftigend und belebend, die Blüte lindert Gicht und reinigt das Blut.

Denkt man noch an die hohe Bedeutung als Vogelschutz- und Faltergehölz, dann erscheint der Wunsch angebracht, diesem dornigen Strauch im Heckenreich mehr Achtung entgegenzubringen.

Der dankbare Berggnom

Berberitzenmärchen

Vor langer Zeit schon hat sich die Großarler Ache ein schönes, meist enges Tal geschaffen. Seine Hänge steigen steil an und sind von Wald bedeckt, der von Felsen durchsetzt ist.
Das Dorf Hüttschlag hat nicht viel Raum und eng drängen sich die Häuser um die auf einem erhöhten Punkt stehende Kirche.
Die Bauern haben ihre Höfe und Ställe hoch hinaufgebaut und die steilen Wiesen gemäht. Mit Fleiß und Genügsamkeit überlebten sie und freuten sich trotz ihres harten Lebens ihrer schönen Heimat. Wo sonst konnte es wohl eine Felswand geben, wie die gegenüber ihrem Dorf, die so glatt und hoch aufragte und die besonders nach einem Regen in solch herrlichem Schiefergrün leuchtet. Zu den ärmsten Hüttschlagern gehörte ein Knecht mit seinem Weib. Beide standen in den Diensten eines wohlhabenden Bauern, der ihnen eine armselige Hütte zur Wohnung überlassen hatte.
Die Eheleute besaßen kaum das Nötigste, um sich und ihren kleinen Buben zu ernähren. Da war es denn ein großes Glück, daß Peter schon früh ein Auge für alles hatte, was rund um die Hütte seiner Eltern wuchs. Bald lernte er wohlschmeckende und ungenießbare Früchte zu unterscheiden und er brachte seiner Mutter alles, was er von den Büschen und Sträuchern auf Bergwiesen und an Holzschlägen, an Wiesenrändern und Rainen ernten konnte. Besonders gern hatte er trotz ihrer zahllosen Dornen die Heckenrose. Das Aufblühen ihrer schneeweißen und rosigen Blüten konnte er immer wieder kaum erwarten.
Im Herbst sammelte er, freilich manchmal mit blutigen Fingern, die leuchtend roten Hagebutten ein, die seine Mutter zu einem köstlichen Mus verkochte. Nur die Berberitze, diesen Strauch mit besonders spitzen, scharfen Dornen, mochte er nicht, so verlockend ihre Früchte auch leuchteten, so sauer schmeckten sie. Sie schienen Peter einfach ungenießbar.
Seine Abneigung war umso sonderbarer, als er sonst alles liebte, was grünte und blühte. Fast war es, als ob er diesem Strauch bewußt widerstünde, obwohl er doch auch mit roten Beeren lockte. Mied ja auch das Vieh die Heckenbegrenzungen, die seine Weideplätze umfriedete, wenn Berberitzen darin wuchsen. Oder war es der Strauch, der eine Bannmeile um sich zog?
Peter war ein seltsames Kind. Von Natur aus mit hellem Verstand und geschickten Händen ausgestattet, war er zur Freude seiner Eltern auch von gutem Wuchs, immer gut aufgelegt und nie krank. Die Zuneigung aller, die ihm begegneten, war ihm sicher. Alle lobten das strahlende Kind und begegnetem ihm gern. Er verbrachte viel Zeit im Freien, sein

Glück war es, allein zu sein und Zwiesprache zu halten mit den Blumen und Tieren. Konnte man ihn unbemerkt beobachten, lag oft ein feines Lächeln auf seinen Zügen, als ob er verstünde, was der Wind ihm zuraunte, was die Vögel zwitscherten, die Bienen summten, was die Bäche murmelten und was in den Zweigen flüsterte; kurz und gut, was die Natur ihm an Geheimnissen anzuvertrauen hatte.
Nur eines bereitete Peters Mutter große Sorge: Je älter Peter wurde, desto schweigsamer wurde er. Es war, als ob er die Menschensprache verweigerte, kaum daß er sie erlernt hatte. Er sprach kaum noch mit jemandem, außer mit seinen Eltern. Eine einzige Ausnahme gab es; er hatte eine Spielgefährtin aus allerfrühesten Kindheitstagen. Das Mädchen war die einzige Tochter des wohlhabenden Bauern, von dem seine Eltern abhängig waren.
Das Mädchen war drei Jahre später als Peter zur Welt gekommen. Von Anfang an löste der Anblick des Kindes bei Peter helles Entzücken aus. Er wollte es ständig um sich haben. Konnte er seiner Mutter unbemerkt entkommen, lief er zum reichen Bauern und begehrte Einlaß in die Stube, in der das Kind lag. Kam dann jemand, ihn fortzuholen, klammerte er sich an den Wiegenrand und weinte.
Das kleine Mädchen wiederum war ein Spiegel der Zuneigung Peters. Sie lächelte und zappelte, wenn Peter sie besuchen kam; und nicht selten schickte die Bäuerin heimlich eine der Mägde, um Peter zu holen, wenn die Kleine weinte und durch nichts zu beruhigen war.
Dem Bauern mißfiel das aufs Äußerste, als er eines Tages bemerkte, welch innige Beziehung zwischen den Kindern herrschte. Er verbot das Zusammensein der beiden und es war für die Umgebung nicht leicht, diesem Befehl auch immer nachzukommen.
Vollends schwierig wurde es, als das Mädchen heranwuchs und gehen gelernt hatte. Immer wieder gelang es dem Kind, wenn alle im Haus und Hof beschäftigt waren, zu entwischen und Peter zu suchen, der sich irgendwo auf den Wiesen herumtrieb, sich aber sofort aufs liebevollste der Kleinen annahm und sie hütete wie seinen Augapfel. Fand man dann die beiden, wurde Peter jedesmal so behandelt, als ob er sie entführt hätte, und seine Eltern mußten deshalb viel Unbill seitens des Bauern hinnehmen, der schließlich auch drohte, sie aus ihrer armseligen Hütte zu vertreiben.
Doch erst als der Bauer den Knaben selbst einmal holte, ihn einsperrte und mit lauten und bösen Worten aufs äußerste erschreckte, wurde es besser. Peter zog sich von dem geliebten Kind zurück. Er versteckte sich und war unauffindbar, auch dann, wenn das Mädchen nach ihm rief. Eines Tages war die Kleine wieder einmal der Obhut einer Magd entflohen und ins Freie geraten. Sie erklomm unbekümmert einen steilen Wiesenhang, ohne Ahnung drohender Gefahr; denn die Wiesen hatten hin und wieder kleine Felsschultern, und an manchen Stellen brachen die blühenden Raine jählings ab, dort wo die Bergbäche von

H. Bertel
1992

den steilen Berghängen herabkamen, das schroffe Waldgelände verließen und zwischen den steilen Wiesen munter der Talsohle zustrebten. Das Kind freute sich über die vielen Blumen, die ihm Peter ja immer wieder gezeigt hatte. Aber diesmal war er nicht zur Stelle, um seinen Spaziergang zu lenken.

Als das Mädchen sich weit vorbeugte, um mit seinen Händchen nach einem bunten Schmetterling zu haschen, verlor es das Gleichgewicht, kollerte über den steilen Wiesenhang auf eine Geländekante zu und verschwand.

Wie durch ein Wunder wurde das Schlimmste verhindert, denn das Kind verfing sich in einem Berberitzenstrauch, der auf einem schmalen Absatz unter der Abbruchkante wuchs und seine festen und dornigen Zweige weit über den Abgrund hinausgebreitet hatte. Das Verschwinden des Kindes wurde bald bemerkt, aber die aufgeregte Suche blieb ohne Ergebnis.

Als Peter gegen Abend von seinen Streifzügen heimkehrte, erfuhr er von dem Unglück. Die Verzweiflung war allseits groß, denn schließlich hatte man ja gehofft, mit Peter werde auch das Kind auftauchen. Peter wußte, wo er zu suchen hatte. Wortlos lief er zu einer Stelle, von der aus man Zugang zu dem tief eingeschnittenen Bachbett hatte. Alsbald entdeckte er das von der Berberitze gehaltene Kind. Es lebte und konnte von den herbeigerufenen Leuten gerettet werden. Das Kind war diesmal noch gut davongekommen. Außer blutenden Kratzwunden hatte es eine Fußverletzung, die man aber gerne in Kauf nahm, war doch das Kind vor dem Tod bewahrt worden.

Seit dieser Zeit war Peter noch schweigsamer. Das Leben ging wieder seinen gewohnten Gang. Die kleine Tochter des Bauern sah er kaum. Sie wurde jetzt streng im Haus gehalten. Die Fußverletzung war nie mehr wieder ganz gut geworden, und nur hinkend konnte sie sich fortbewegen.

Sobald es Peter möglich war, verdingte er sich auf der Alm. Er bezog allein eine Hütte und hütete hoch über der Waldgrenze die Schafe und das Jungvieh des Bauern. Nach wie vor erkundete er alles, was wuchs und rankte.

Einmal hatte er lange nach einem verirrten Rind gesucht, das sich talwärts auf den Weg gemacht hatte. Er war mit dem ermatteten Tier im Steilgelände nur mühsam vorangekommen. Da hörte er plötzlich in seiner Nähe ein Jammern und Greinen. Er entdeckte alsbald ein kleines altes Männlein, dessen mächtiger Bart, der einer Baumflechte zum Verwechseln ähnlich sah, unter einer schweren Schieferplatte festgeklemmt war.

„Befreie mich“, jammerte der Gnom. „Es soll dein Nachteil nicht sein. Ich habe Dir ohnehin zu danken, denn Deine Hütte ist mir weithin die liebste und der angenehmste Winteraufenthalt für einen alten Mann. Gekehrt und gefegt wie es sich gehört und mit der rechten

Mahlzeit auf dem Tisch, wenn Du im Herbst zu Tale fährst. Jetzt befreie mich geschwind, sonst verfällt Dir dein Rind."
Zornig zog und zerrte das Bergmandl an seinem Bart und rollte wild die Augen. Peter merkte gar wohl, daß das Männlein zwischen dem Wurzelwerk einer Berberitze herumgewühlt und damit sein Unglück verschuldet hatte.
Dankbar schaute das Männlein seinen Retter an, nachdem dieser ihn befreit hatte und sagte: „Das war sehr nett von dir. Weiß Gott, wie dieses Abenteuer für mich geendet hätte." Mit geheimnisvoller Miene brachte er sodann aus seinem so faltenreichen Gewand ein kleines hölzernes Büchslein zum Vorschein, überreichte es Peter und meinte: „Wenn du einmal krank bist, dann wird dir das, was da drinnen ist, helfen."
Nach diesen Worten war der Kleine spurlos verschwunden.
Wie enttäuscht aber war Peter, als er neugierig das Büchslein öffnete und trockene Berberitzenbeeren darin erblickte. Ausgerechnet die Früchte jenes Strauches, den er am wenigsten mochte. Dennoch verwahrte er daheim das Büchslein sorgfältig bei seinen wenigen Habseligkeiten.
‚Ich und krank sein! Das kommt nimmer vor', dachte er. ‚Aber sei's drum. Der Wicht hat es gut gemeint.'
Doch es dauerte nicht lange, da wurde Peter wirklich krank. Kein Umschlag und kein Kräutertee wollten helfen. Heftige Leibkrämpfe befielen ihn. Tagelang kämpfte er mit sich und seiner Krankheit.
‚Was schadet es, wenn ich zugrunde gehe', sagte er sich. ‚Die Tiere werden einen anderen Hirten finden und die Menschen werden ohne mich auch auskommen. Ich meide sie ohnehin schon seit langem. Die Natur kennt kein Vermissen; sie wird mich aufnehmen, bin ich erst einmal tot.' In seine Fieberträume mischten sich nun Erinnerungen an seine frühe Kindheit und immer schälte sich daraus das Bild des Mädchens, von dem er zur Zeit nicht mehr wußte, als daß es scheu und hinkend ein zurückgezogenes Leben auf dem Hof des Bauern führte. Und es war ihm, als ob er plötzlich wiederum einen Hilferuf hörte. Er blickte zum kleinen Fenster seiner Hütte hin. Da fiel sein Blick auf das Büchslein, das Geschenk des kleinen Mannes, das er auf dem Gesimse abgestellt hatte.
Er erinnerte sich der Worte, fast als ob sie eine Prophezeiung seiner Krankheit gewesen wären. „Schöner Dank das" murmelte er. „Aber ich will's versuchen, ob die Hilfe so prompt kommt wie die Krankheit."
Mit Mühe schleppte er sich zum Fensterbrett, entnahm dem Büchslein die sauren Beeren, zerkaute und schluckte sie. Sofort ließen die schlimmen Krämpfe nach, lösten sich und in seinem Innern breitete sich friedliches Wohlbehagen aus. Voll Rührung sah er auf das Vieh, das sonst weithin auf entfernten Hängen graste, sich jetzt aber um seine Hütte versammelt hatte, als ob es wartete, daß er den Kampf um sein

Leben nicht verloren gäbe. Da er nun die rechte Medizin entdeckt hatte, ging es mit seiner Gesundheit rasch voran.
Nachdenklich betrachtete er das unscheinbare Döschen, das ihm das Bergmandl geschenkt hatte. Es war aus einem harten gelblichen Holz gefertigt, aus Berberitzenholz, wie er jetzt bemerkte. Dabei habe ich die Berberitze nie gemocht, sagte er sich. Obwohl sie das Leben der kleinen Bauerntochter gerettet hat. Kaum hatte er das gedacht, glaubte er wieder, jenen schon in der Krankheit gehörten Hilferuf zu vernehmen. Er wurde unruhig. „Jemand ruft mich", sagte er. „Wäre es möglich, daß sie es ist, an die zu denken mir verboten wurde?" Bald war für ihn kein Zweifel mehr, daß dem so wäre, und daß der Dank des Gnomes doch ein weitreichenderer sein könnte, als er geglaubt hatte.
Anderntags nahm er das Berberitzendöschen und stieg ins Tal.
„Du kommst zu einem Begräbnis zurecht", sagte seine Mutter, die sich über nichts wunderte. „Die Tochter des Bauern liegt im Sterben."
„Ich muß sie sehen", stammelte er und niemand konnte ihn aufhalten. Er stürmte in die Kammer des kranken Mädchens. Er verjagte alle versammelten Quacksalber, er verjagte sogar den mürrischen Bauern vom Bett seiner Tochter. Er hatte alle Scheu abgelegt. Er küßte das Mädchen auf die geschlossenen Augen, hob es in seine Arme und flößte ihm einen Saft ein, den er aus den zerstampften Berberitzenbeeren des Männleins zubereitet hatte.
Es dauerte nicht lange, da öffnete das Mädchen die Augen und erkannte ihn. Ab dieser Stunde ging es aufwärts mit ihr und bald gesundete sie ganz.
Diese Vorkommnisse brachten die Umgebung dazu, zu glauben, daß die beiden wohl seit jeher füreinander bestimmt waren und daß der eine ohne den anderen nicht leben mochte.
Dem Bauern blieb nichts anderes übrig, als seine Einwilligung darin zu geben, was alle Bewohner des Tales, die von der wunderbaren Heilung gehört hatten, von ihm verlangten. Er legte der Heirat der beiden nichts mehr in den Weg.
Peter aber schrieb die heilende Kraft nicht nur den Früchten der Berberitze zu, sondern auch dem Holz, aus dem das Döschen gefertigt war. Er fertigte nun selbst allerlei Gegenstände aus den Zweigen der Berberitze, dieses in Hüttschlag so häufig an Hecken, Wegrändern und neben Steinmauern wachsenden Strauches an. Bald hatten er und sein Schwiegervater die festesten und dauerhaftesten Heurechen am Hüttschlager Berg, nämlich solche aus Berberitzenholz. Die Berberitze wurde seither von Peter besonders geschätzt. Der Berggnom hatte ihn von seiner Abneigung geheilt und ihm somit den Weg zu seinem Lebensglück gewiesen.

Die Berberitze

Bereits im Jahre 1621 wird in einer alten Schrift empfohlen, die „Weinlegelein" als Kräftigungsmittel gegen Pest zu verwenden. Die gelben Blütentrauben des Sauerdorns, wie die Berberitze im Volk bezeichnet wird, sind farbenfrohe Spiegelbilder begehrlicher Reize jeder Landschaft.
Im September reifen die harten Beeren, auch „Weinscharl" genannt. Sie enthalten viel Vitamin C und erhöhen körpereigene Abwehrkräfte. Sie können auch bei Lungen- und Brustfellentzündungen oder Husten verwendet werden. Dem Aufguß der Blätter wird in der Heilkunde eine ausgezeichnete Wirkung gegen Zahnfleischbluten zugeschrieben.
Die sauer schmeckenden, frischen Blätter sind auch als „Scharlsalat" genießbar. Die Rinde und die Wurzeln der Berberitze enthalten einen gelben Farbstoff, das Berberin, der früher zum Färben von Leder und Textilien verwendet wurde.
Nach dem alten Grundsatz der Volksheilkunde, Gleiches mit Gleichem zu behandeln, wurde die getrocknete, gelbe Wurzelrinde auch zur Behandlung der Gelbsucht verwendet.
Weil der Sauerdorn vom Vieh gemieden wird, bildete er früher in stark beweideten Bereichen oft ausgedehnte Bestände. Nach dem Sauerdorn ist der Verband „Berberidion" der Flurgehölze benannt.
Das harte, regelmäßig und fein strukturierte Holz kam nicht nur zur Holzrechenherstellung in der Landwirtschaft zur Verwendung, sondern auch als Nutzholz für Intarsienarbeiten.
Wegen des hohen Vitamin-C-Gehaltes werden noch heute Sauerdornbeeren zusammen mit der Hagebutte als Erfrischungstee getrunken.

Die Gletscherhexe Alezen

Traubenkirschenmärchen *

Nur wenige Menschen wohnten einst im Quellgebiet der Mur. Sie hausten in bescheidenen Hütten und mühten sich im Schweiß ihres Angesichts um das tägliche Brot. Steile Berge umschlossen ihr Tal, breite Streifen von dichtem Baumbestand, aus dem kein Stamm gefällt werden durfte, boten sicheren Schutz gegen Steinschlag und Lawinen, um die wenigen Kornfelder und kleinen Obstgärten vor Verwüstungen zu bewahren. Doch drohten noch andere Gefahren. Denn der Murwinkel war auch ein Wetterwinkel. Fast jedes Jahr fuhr ein schreckliches Gewitter durch das Tal und vernichtete die ganze Ernte. Jedesmal erzitterte die Erde, schwarze Wolken überzogen den Himmel und machten den Tag zur Nacht. Das Gewitter sei ein Teufelsgefährt, hieß es bei den Leuten. Unter Blitz und Donner stürzten gewaltige Wassermassen zu Tal und verheerten die liebevoll gehegten Gärten und Gemüsebeete. Verbittert über die stets wiederkehrende Vergeblichkeit ihrer Arbeit beschlossen die Talbewohner, eine kleine Kirche zu bauen. Das Geläut' einer der Muttergottes geweihten Glocke sollte künftig die bösartigen Gewitter bannen.
Aber guter Rat war teuer. Woher sollte man das Holz für den Glokkenstuhl beschaffen? Denn die Bewohner durften ja keinen Baum aus den Baumwäldern schlagen. Da bot einer, dessen Grund entlang der Mur gelegen war, das Ufergehölz an. Die alten Traubenkirschen gaben genug Holz. Und so entstand aus dem Holz der Traubenkirsche das Gerüst für den Glockenstuhl. Über dem Bau der Kirche vergingen die Wochen. Wie war die Welt doch schön in dieser herrlichen Talgegend, fast hätte man das erbarmungslose Wüten der Natur vergessen können. Wieder einmal goß der Mond sein mildes silbernes Licht über Himmel und Berge, als sich von fern her wieder die Unwetter mit Wetterleuchten und einzelnen fahlen Blitzen ankündigten. „Der Satan kommt ins Tal gefahren!" rief der Mesner, bekreuzigte sich und läutete schnell die geweihte Wetterglocke, um das drohende Schicksal abzuwenden. Und tatsächlich, der Wetterteufel mußte weichen. Von scharfen Winden begleitet, zog er sich grollend zurück, ohne dem friedlichen Tal den geringsten Schaden zugefügt zu haben. Er setzte sich auf einen Felsen oberhalb des Dorfes und überlegte, wie er den Bann der geweihten Glocke doch noch brechen könnte. Er selbst hatte nicht mehr die Macht dazu, und so schickte er einen Nebelgeist zu der am meisten gefürchteten Gletscherhexe Alezen.
Als Nebelschwade zog die weißgraue Gestalt den Bergen entlang und überbrachte der Zauberin den Auftrag, die Wetterglocke zu vernichten.

* Nach der Erzählung: Die Hexenglocke zu Muhr

Die alte Hexe wohnte in einer riesigen Spalte am Rand einer weiten Gletscherfläche. Sie war ein furchterregendes Weib mit langem rotem Haar, das wie eine Fahne im Wind wehte. In die Enden der Strähnen waren große Hagelkörner eingeflochten, spitz stach ihre Nase aus dem Gesicht und die gekrümmten Fingernägel, an denen Eiszapfen hingen, glichen Krallen. Auf dem höchsten Riff im Gletscher sitzend, erfreute sie sich in finsteren, sturmdurchbrausten Nächten am Spiel ihrer Mächte. Das Brausen und Schäumen des wilden Bergbaches, das Donnern der Lawinen waren ihr Werk.
Als sie nun vom Nebelgeist den Auftrag des Satans vernommen hatte, ritt sie gegen Mitternacht auf einer mächtigen Wolkenkugel ins Tal. Krachend zerbarsten die Wände des Kirchleins, die Dachstuhlbalken splitterten und zerbrachen und der herabstürzende Sturmwind wirbelte die Trümmer durch die Luft. Mit einem gellenden Schrei sauste die Hexe in die Turmstube und versuchte, die Glocke mit ihren kräftigen Krallen herunterzureißen. Doch dem geweihten Gußwerk konnte die Hexe nichts anhaben. Umsonst hämmerte sie wild auf den Glockenbalken und versuchte, das schlanke Holz mit spitzen Eiszapfen zu spalten. Umsonst ließ sie die Hagelkörner, die von der Wut der Hexe ganz dunkel geworden waren, herniederprasseln.
Alles rundherum war zerbrochen und vernichtet. Meterhoch lagen Schneeklumpen und Geröllbrocken zwischen den Mauerresten, aber der Stamm, an dem die Wetterglocke hing, war unversehrt. Die Gletscherhexe hatte ihr Höllenwerk noch nicht vollendet, da schlug es eins, die Stunde ihrer Zaubermacht war vorüber. Ein furchtbares Wehklagen entfuhr ihrer Kehle und ein letztes Mal ließ sie die in ihr zottiges Haar eingeflochtenen Hagelkörner auf den Glockenbalken niederprasseln. Inmitten des fürchterlichen Unwetters mit Blitz und Donner mußte sie ohne das Glöcklein in ihr Gletscherreich zurückkehren.
Drei Tage und drei Nächte ließ sie es nun schneien, bis das ganze Dorf mannshoch mit Schnee bedeckt war. Glocke und Glockenbalken aber überdauerten unversehrt. Als eine der schwarzen Hagelkugeln, auf die Wetterglocke fiel, die der Glockenbalken noch immer trug, gab es einen hellen Klang, und als dieser Ton durch die eiskalte Winterlandschaft drang, verschwanden die Geister der Gletscherhexe vollends. Die grünen Wiesen kamen wieder zum Vorschein, die Blumen blühten auf und die Vögel zwitscherten im blauen Himmel. Die Leute sammelten die verbliebenen Hagelkörner als Steinfrüchte.
Im Volk munkelte man seither, die schwarzen, bitter schmeckenden Früchte der Traubenkirsche seien die Hagelkörner der Gletscherhexe, die sich durch ihren mächtigen Zorn dunkel gefärbt hätten. Daher gab man ihnen auch den Namen „Alezenbeeren".
Auch schätzten die Bauern seit dieser Zeit den schlankkronigen Laubbaum, der gegen Schnee und Fröste unempfindlich ist. Aus seinem harten Holz macht man noch heute viele bäuerliche Geräte.

H. Bertel
1992

Die Traubenkirsche

Wer kennt noch diesen schönen, reich blühenden Baum, dessen Holz für die Menschheit keinen Wert mehr hat und daher niemand an seine Erhaltung denkt. Im vorigen Jahrhundert wurde die Traubenkirsche noch mitunter ihrer üppigen Traubenblüte wegen als Parkbaum gepflanzt, doch heute findet der schlankkronige Laubbaum keine Beachtung mehr.
Der Artname „padus" wurde als Pflanzenname von dem griechischen Schriftsteller Theophrast für einen schattenliebenden Baum gebraucht, aus dessen Holz Wagenachsen und Pflüge hergestellt wurden. Dabei dürfte es sich aber nicht um die heutige Traubenkirsche gehandelt haben. Hingegen läßt sich mit Sicherheit sagen, daß sich bei einem anderen Autor um 500 v. Chr. der Name „pontikon" auf die Traubenkirsche bezieht.
Dabei wird auch berichtet, daß die Agrippäer aus den Beeren einen Saft preßten, den sie „Aschy" nannten. Von den Baschkiren, einem Volksstamm im südlichen Ural, wird dieses Getränk noch heute erzeugt und „Atschny" genannt.
Die großen Qualitäten der Traubenkirsche liegen in der Unempfindlichkeit gegen Spät- und Winterfröste. Die reinweißen Blüten zeigen im Mai ihre ganze Pracht, die schwarzen, leicht bitter schmeckenden Steinfrüchte entwickeln nur wenig Fruchtfleisch, sodaß sich die Verwendung als Wildobst kaum lohnt.
Für Heilzwecke sammelt man die Rinde, wobei das Sammelgut gebunden und bei Luftzug getrocknet wird. Die Wirkung liegt in der Linderung rheumatischer Schmerzen.
Die ausgezeichnete Honigpflanze für Bienen wächst sowohl baumartig als auch strauchartig. Nach Überlieferungen aus verschiedenen europäischen Ländern standen einst Bäume mit 18 m Höhe und einem Stammumfang von 1,6 m.
Von den zahlreichen Volksnamen sei die Bezeichnung „Elexen" im bayrisch-österreichischen Raum erwähnt, im Bündner Oberland (Schweiz) heißt die Traubenkirsche „Aletschbeer" oder auch „Alezen".

BERNHARD IGLHAUSER

* 1951 in Thalgau geboren, dort Volksschulbesuch
* 1969 Matura am Akademischen Gymnasium Salzburg
* 1970–1974 Studium an der Universität Salzburg (Biologie und Umweltkunde, Chemie und Physik)
* Seit 1974 Lehrer am Akademischen Gymnasium Salzburg und Beginn verschiedener Tätigkeiten in den Sachkomplexen Landschaftsgestaltung, Umwelterziehung und Ökologie
* 1983 Promotion zum Doktor der Rechtswissenschaften
* 1984 Initiator des vielfach ausgezeichneten Ökomodells „Marktgemeinde Thalgau – Naturschutzpraxis in einer Landgemeinde"
* 1986 Österreichischer Staatspreis der Europäischen Umweltstiftung London für die Kampagne „Lebensräume-Kinderträume-Obstbäume"
* 1987 Salzburger Natur- und Umweltschutzpreis für die Kampagne „Hecken – Dokumente der Vergangenheit"
* 1988 Promotion zum Doktor der Naturwissenschaften
* 1989 Beginn umfangreicher Fachpublikationen über Heimatgeschichte, zeitgemäße Haus- und Dorfgestaltung mit Obstgehölzen und Hecken, Ethnobotanik
* 1990 Großer Grüner Umweltpreis von Österreich für die Kampagne „Kleiner Falter, wohin?"
* 1991 SLT-Umweltschutzpreis für das Nationalparkprojekt „Pomarium"

HEILGARD BERTEL

* 1941 in Salzburg geboren
* Ab 1944 in Vorarlberg aufgewachsen, Volksschule in Hohenems.
* 1961 Matura in Riedenburg/Bregenz
* 1961 Absolventenkurs und Matura BLBA Feldkirch
* 1962–1967 Studium an der Akademie für Bildende Künste in Wien bei den Professoren Gütersloh, Matejka und Hessing
* 1968 Aufnahme der Lehrtätigkeit in Bildnerischer Erziehung am Akademischen Gymnasium in Salzburg
* 1969 Stipendium an der Sommerakademie, Radierklasse Otto Eglau
* Ab 1984 Lehrauftrag für Fachdidaktik am Mozarteum
* 1985 Erste Lesung eigener Lyrik; Sendungen im ORF Salzburg und Wien

  Werke im Besitz öffentlicher Sammlungen:
  Land Vorarlberg, Landesmuseum Bregenz, Stadt Hohenems, Land Salzburg, Bundesministerium für Unterricht und Kunst, Albertina Wien, Plakatgestaltungen für den Salzburger Bachchor, Wandmalereien in Vorarlberg und Salzburg

DANK ...

auszusprechen in besonderer Weise ist der Nationalpark Verwaltung Hohe Tauern, allen voran dem Leiter Dipl. Ing. Harald Kremser, und dem Tyrolia-Verlag, die das Erscheinen dieses neuen Märchenbuches zum Anlaß „Jahr der Hecke 1992" ermöglicht haben.
Es ist zu hoffen, daß die Botschaft der Märchen ein Beitrag dazu sein kann, den Nationalparkgedanken in der richtigen Form in allen Gemeinden umzusetzen.
Nicht die Konstituierung, sondern die Art seiner Verwirklichung wird darüber entscheiden, ob die heute vielerorts so bedrohliche Gegnerschaft Natur-Mensch zu einer Gemeinschaft umgestaltet werden kann.

Prof. Mag. DDr. Bernhard Iglhauser Prof. Mag. Heilgard Bertel